TRISTE MONDE

Stupeur et étrangeté

Mail : cobutjeanjacques@gmail.com
ISBN : 9782960229806

Cobut Jean-Jacques

TRISTE MONDE

Stupeur et étrangeté

Merci à tous ceux qui m'ont soutenu dans mon projet. Merci à ma chère femme, Dydjy Becker, pour toute sa patience et son dévouement.
Je dédie ce livre à tous mes amis, collègues et famille.

Cette préface n'est pas une farce

L'auteur, Jean-Jacques Cobut, un gars ordinaire, natif de la vallée de la Molignée, qui a un vécu particulier, né pour bien faire d'un père et d'une mère, qui malgré les circonstances de leurs vies respectives, ont fait de leur mieux, avec leurs moyens, pour que chacun de leurs trois enfants puisse grandir et suivre leur chemin, tantôt semé de bonnes et de moins bonnes choses, mais ils y sont arrivés, à force de courage et de volonté à vivre Leur Vie.

Je dois vous avertir :

Cette histoire est d'ores et déjà bizarre. Rincez-vous les yeux, les 2 de préférence, Mesdames et Messieurs du Grand Jury central. Vous allez entrer dans mon Monde, le monde de la tristesse, de la dérision, magique, imaginaire. D'ailleurs et d'avant, toute ressemblance avec des personnes existantes ou futures, ou des endroits est purement fortuite et surtout gratuite, car le spectacle c'est maintenant.

Quoi de plus étrange que ce mot.
Bizarre, vous avez dit bizarre que c'est bizarre, c'est très bizarre de dire bizarre. Et pourtant ! Une chose vous semble bizarre, pourquoi alors s'en plaindre ?

Nombre de personnes dans la vie de tous les jours ont à un moment donné de leur existence trouvé cela bizarre. Eh bien si l'on en croit la signification de ce mot, il veut signifier, une chose, un événement, une personne, que vous avez croisé dans la rue, qui a ou avait un comportement qui n'est pas commun, porte des habits de toutes les couleurs, sales, mal repassés ou déchirés. Une autre se promène avec un animal exotique, ou tout simplement vous adresse un hé Toi, salut.

1

La Grande Balade du temps

L'Histoire commence

Un matin, en me promenant dans le parc, j'ai vu une personne marcher sur l'eau. Je me suis dit en moi-même, tiens Jésus est revenu ? On dit qu'il est né un jour de décembre. Pourquoi avoir fait le choix du mois le plus froid ? En fait, il n'a pas eu à choisir, car son devenir était déjà écrit !

Mais finalement il n'a pas pu rester très longtemps, de mauvaises personnes, ses frères, l'ont vendu, surtout un Ju DA, et il a fini, dans la vallée, les deux bras en croix.

Ou alors, des extra-terrestres viennent d'envahir la terre, et je suis le dernier survivant ? C'était un matin et oui, où j'ai vu un lapin courir après un chasseur. Pourtant on dit toujours ; un chasseur sachant chasser est un bon chasseur. Une journée comme les autres, des plus banales, il me semble que c'était un lundi, par un bel après-midi, un lundi au soleil.

Nous étions, je crois, en 2025, l'année de la fin des temps. Dans ce parc, un étang, des fleurs, des arbres, des oiseaux libérés de leurs cages, quelques animaux

çà et là, sans peur et sans reproche, des allées bien
entretenues, un parc en somme.
J'étais bien seul, Mesdames et Messieurs, hé oui seul
au Monde, moi le seul survivant de la folie des humains. Le monde que j'avais connu la veille et
l'avant-veille, avait bel et bien disparu.

Disparu, disparu, et j'ai crié crié, pour qu'il revienne,
j'ai écrit sur le sol, revient mon monde, reviens, j'ai le
même à la maison dans ma télévision avant l'Euro
Vision.

 Je n'ai pas obtenu de réponse. J'étais bien le seul survivant.

À part le chant des oiseaux, le bruissement des
feuilles, avec un vent léger, un vent chaud, mais
agréable, rien de bien étrange en quelque sorte.

J'étais bien, si bien, inquiet tout de même, de ne voir
aucune autre vie humaine.

Au détour d'une allée, une plaque minéralogique ac-
crochée à un vieux piquet rouillé, qui avait surgi de
nulle part indiquait ce qui suit : La Force est là !!

 Un peu plus loin, un pont trop loin peut-être, car je
ne savais pas nager, au bord de l'eau, se tenait une
créature étrange, bizarre, petite et grosse à la fois,
vint vers moi et me dit avec un grand sourire :

Terriens, vous êtes maintenant sous le contrôle de la
Force, vous êtes sur la Cinquième Avenue. Cette avenue est à côté de la gare des sans-logis, des gens

perdus, sans argent, sans famille, sans but et sans espoir, sans foi ni loi, bref de tous ceux que la vie n'a pas trop ou pas gâtés. Finit de travailler, plus d'usines, plus de directeurs et ses adjoints à la gâchette facile qui vous jette, qui vous ordonne, qui vous démissionne, qui vous crie dessus parce que vous n'étiez pas assez productif, ou qui ne veut pas vous engager, car vous êtes sous assistance.

Plus de guerre, plus de haine, plus de religion, la Religion c'est NOUS. Plus d'armes ni de larmes.

Votre seul dieu maintenant c'est nous, la Force. Nous avons envahi votre Monde, ce matin, car nous avions reçu des appels au secours. Eh oui il y avait tellement d'appels sur notre ligne cent + douze.

Alors, nous sommes venus très rapidement, nous avons parcouru des millions de kilomètres, non sans mal, sans appeler le *Grand* Dépanneur, avec avions jaunâtres.

Nos vaisseaux sont vieux, mal entretenus, sans voiles, sans trop de ce carburant que vous appelez Diesel ou Uranium, sans contrôle technique, sans assurance du lendemain. Eh bien nous voici arrivés au terme de notre voyage. Nous sommes des milliers répartis sur la planète Terre. Ne nous craignez pas, nous ne sommes pas mangeurs d'hommes, comme dans les films. « ET » a déjà téléphoné à sa maison, à ses cousins et ils sont venus, bien avant nous, mais ils ne sont pas restés. Trop tard !

Respecter nous, respecter nos consignes, nos femmes et nos enfants, eh oui tous sont venus vers ce monde, nous prenons les choses en main.

Interloquez, je lui demande en Français-Anglais-Allemand, néerlandais : Salut oh toi étranger, dans sa grande armure, que veux-tu que j'y fasse ? Que je trépasse, que je jacasse, ou que je me casse ? Qu'attends-tu de moi ? Qu'attends-tu des pseudos survivants, du moins s'il y en a d'autres, excuse-moi, je n'ai plus de data pour faire un SMS ou un appel en absence.

Et il m'a répondu dans une langue qui ne figure dans aucun dictionnaire, il me semble que c'est un dialecte un peu oublié à notre époque, d'une province que l'on appelait Wallonie Terre d'Avant-Gardes, où coulent des rivières insolentes, vides de tous sens.

Moi, soldat Ultima I de la Force, moi te dire maintenant ce que vous humains des villes, des champs et ailleurs, vivez en paix, prenez à minuit, l'heure du crime, l'heure qui fait peur, l'heure de la pleine lune, le tram 566 à la gare de votre choix, les frais, repas et boissons sont All In. Le tram 566, c'est celui qui va passer dans vos rêves, hé hé. Accrochez-vous, il va rouler à un train de sénateur dans la rue des Lois. Pas la peine de chercher avec vos montres connectées ou autres GPS.

Là au bout de la voie, tu vas retrouver quelques-uns de tes semblables, il y a Jo Ny, Sil Vie, les Rollington et quelques moins connus. Vous allez chanter demain pour nous, il n'y aura pas de place pour tout le monde. Il n'y aura pas de public, nous les remplacerons par des animaux. Nous avons fait un passage dans ce vous appelez un jardin zoo, une réserve sur les bords de la-les, ils seront bien mieux dans leur milieu naturel. Vous rencontrerez aussi, Tarzan, qui crie comme un loup, suspendu à un fil d'acier, c'est juste pour les rassembler à cette nuit de folie. N'ayez pas peur de lui, c'est un vieillard, qui s'est échappé de l'envers du décor, telle Alice au pays des Merveilles, il ressemble d'ailleurs fortement à Blanche Neige sans les Sept Nains.

Après la remise de clés arts, vous serez dirigé vers le CAMP.

J'espère que vous avez vu, Papillon et la Grande Évasion. Cela vous servira de leçon, cette leçon vaut d'ailleurs bien un fromage. À l'entrée du camp, l'on vous dira : vite, vite, avancez, et présenter vos papiers !

Dans une grande avenue de terre, bordée de cheminées, il y a des baraques en bois, et des fils barbelés tout autour. Surtout pas de coup de folie, pas d'émeutes, pas de cris de désespoir. Cette fois les DJ Ice ne viendront pas sauver un soldat égaré, et Rambo n'a plus envie de jouer à la guerre.

Une gourde d'eau (qui est lourde en métaux) et une ration de survie seront remises à chacun.

Pas de luxe, pas de couverts, pas de serviettes, pas de galipettes. De toute façon, ce que vous appeliez le sexe opposé sera séparé des hommes, par un mur, infranchissables d'ailleurs.

Alors, on vous dira de manger et de boire. Voilà notre Premier Commandement.

Il n'y aura pas 17 commandements, comme dans un livre écrit par un Ancien, qui s'appelait, je pense, Moïse, un jour qu'il n'avait rien d'autre à faire.

Il voulait traverser la Mer, malheur à lui, il ne savait pas nager. Ces quelques phrases écrites sur des dessous de table, à Las Vegas, dans une langue non reconnue, nous révèlent ce qui est le bien et ce qui est le mal. Libre à chacun de suivre sa voie, cuivrée ou non, suivant ses antécédents judiciaires.

Le 2ᵉ Commandement

Le 2e commandement, très recommandé, est le suivant : tout humain, de tous les horizons, est libre de penser comme il le souhaite, de se déplacer, de parler, de placer des petites annonces dans un Grand Livre, qui pourront être vues de tous, dans le Camp, d'aller et venir dans les enceintes, sans crier gare, ou vive la Terre ou même j'en ai marre de chercher Mir Za.

Le 3e Commandement, le plus ridicule sans aucun doute, nul ne peut chanter ; *« la Force on l'aura, la Force s'en ira, on les aura. »*

Le matin, une trompette vous réveillera, dans un rythme à la M Poco-aura. On ne peut pas se satisfaire devant son voisin. Il y a dans une grande baraque des pots individuels. La collecte de ces pots (sous forme de sceaux) aura lieu deux fois par an. Une charrette passera et ne repassera pas. Un beau parleur chantera : « qu'il *est bon mon beau* poisson !! » Vous verrez une fille bien droite, au garde-à-vous lors de son passage. Et vous devrez crier : vient boire un pti'coup à la maison ma minette. Après ceci vous irez arroser les super OGM, qui poussent aux abords des Mira dort. 5 litres par plante. Pour le reste, c'est une grande lampe rouge-orange qui fera le reste.

Votre journée sera alors terminée. Vous vous dirigerez ensuite vers les douches, ensuite Retour à votre couette et bougies fondues à dix heures.
Vous mangerez votre ration K, et vous lirez un passage du Grand Livre où se trouvent les annonces du CAMP. Vous pourrez éventuellement y répondre par une autre annonce et ainsi de suite.
Mais jamais personne ne vous répondra, ha ha. TrA la-là.
Tous les dimanches, vous pourrez vous rendre à la Grande Salle de la prière. Le Grand Sage de la Force y répandra la bonne parole et la bonne éducation. Il tâchera même et sûrement de vous radicaliser. Pas la peine de résister. Ils finiront par vous contrôler, à vous faire porter une ceinture de chasteté. Peut-être si vous êtes élus, vous serez envoyé, sans aucun espoir de retour, explorer d'autres contrées malfamées, pour vous libérer avec ce grand cri, de cette ceinture. On vous indiquera un endroit, là où il y a de grands

rassemblements de foules, à mon avis du côté de Bag
Bag. En attendant le jour de la Délivrance, des Frères
vous cacheront dans des tunnels que l'on appelle
trous à rats.
De petits serviteurs de la Force, perchés sur les miradors, crieront trois fois par jour : La Force est grande,
allons vers la Force, dans plusieurs dialectes.
Vous chanterez tous en cœur : je ne ferai pas de ***boo-
gie-woogie ce soir.***
Après un certain temps dans le camp, quelqu'un
parmi vous pourra accéder aux fonctions supérieures
et aller prêcher la bonne parole dans les Miradors.
Tout à coup, en pleine sueur, je me réveille, je te
bouscule, comme d'habitude. Ce n'était qu'un mauvais rêve. Eh oui, les bonnes choses ont une fin.... Je
suis bien chez moi, un lundi sans soleil, le réveil vient
de sonner, je dois partir au boulot, je dois prendre le
métro, métro de tous les dangers, où tout le monde
surveille tout le monde, on cherche des suspects, où
l'on vous lance des regards moqueurs parce que vous
portez la barbe, où la milice monte la garde, avec ses
chiens. Je vais retrouver mes collègues, mes supérieurs incompétents, mon patron, n'en parlent même
pas, le sommet.
Après quelques heures, la journée se termine, je passe
mon badge, je salue le gardien, qui lui n'a pas de
chien, et je rentre à pied, parce que je n'ai pas envie
que l'on me fasse sauter et que je me retrouve un jour,
dans un camp, camp de réfugiés, camp d'extermina-
tion, camp de travail, avec un membre en moins, et
remplir toutes ses formalités, pour être indemnisé,
sans être idem moi-même, sachant bien que les
caisses noires de nos dirigeants sont à sec.

Oui mes très chers, il n'y plus d'argent, no monnaie, il n'est pas nécessaire de secouer les poches de nos super dirigeants, qu'il soit à gauche ou à droite, les poches sont trouées depuis très longtemps.

Alors, où est bien passé tout cet argent ? Pour le savoir, il faut les soumettre à la Question : c'est un supplice qui était utilisé au moyen âge par une certaine classe sociale, déjà au-devant de la scène à cette époque.

Pas si loin de nous, il y a plus de septante années, d'autres civilisations qui occupaient notre pays ont employé de tels subterfuges pour enlever quelques mots à d'autres qui ne pensaient pas comme eux !

La liberté d'expression, cela est et dois rester un droit pour tous les hommes et femmes du Monde entier.

Qui peut alors m'expliquer certains dérapages inter communautés, inter city, inter-régions, dans toutes les langues possibles et imaginables, comment de

pareils comportements ont pu naître dans l'esprit de
quelques groupes d'individus ?
Tout le monde sait que les esprits et autres manifes-
tations du genre, on y croit ou pas, à vous de décider.

2

Hommage aux Héros de tous les temps

Un dimanche au bord de l'eau, tout est si beau, le monde est beau, j'avais fait un dessin sur le sable, c'était ma copine, ma bien-aimée, mais soudain elle est revenue, sans crier gare, mais alors j'ai crié, crié, pour qu'elle s'en aille là d'où elle venait, mais elle n'est jamais partie. Disparus, ces héros aux turbans rouges et blancs, ces aviateurs, ces capitaines abandonnés, touchés aux ailes par le canon du désespoir, de la bêtise humaine. Ma mère m'a dit un jour : gamin fait toi couper les grands cheveux, je lui ai répondu dans vingt ans si tu veux, ton accordéon sonne encore dans nos têtes, dans nos mémoires, ton nom sera prononcé par les Justes, et oui elle m'avait toujours promis de m'épouser !
Mais pourquoi elle aurait voulu t'épouser ? Tu ne la connais même pas, tu l'as juste invitée un jour de pluie à boire un café chez Pou Kine, et vous avez discuté de tout et de rien, sous les chandelles et tableaux de grands maîtres. Et puis, elle est partie, en courant, sous prétexte qu'elle avait un rendez-vous important avec son professeur de chant. Balivernes, mon ami, tout simplement le courant ne passait pas,

peu importe d'où il vienne. Nous on s'en fout, le principal c'est que toi tu aies pu prendre ton pied ou le sien, comme tu voudras !

Oui, s'exclama-t-il, mais elle m'a tout de même laissé une adresse et un numéro de téléphone immobile, ben moi je me suis dit, super l'affaire est dans le sac. Et moi je suis resté là, comme un con pour un diner de con, seul avec moi-même et quelques clients. J'ai alors attrapé un menu sur une table voisine, et j'ai commandé le Menu du Jour : Sauret de nos rivières, accompagné de choux en fleurs et sauce carbonara. Tout à coup, tout le personnel se mit à chanter : Un sauret, des grosses canadas, un bon festin d'un ami du pays Noir, et glou et glou et glou, ils ont bu leur verre comme les Autres ; alors, la foule s'est mise à danser, sur un air de violon, mais ce n'étais pas la bonne chanson, s'exclama un personnage haut en couleur, moi je préfère : Mon vieux, avec son vieil imper tout râpé, qu'il mettait hiver comme été ; vous l'avez peut-être connu mon vieux?

Mon vieux, mais certainement, vous l'avez connu, côtoyé, le dimanche à la sortie de l'église ? Il était grand, il était bon, il sentait bon le sable chaud. Il a d'ailleurs fait de nombreux métiers, serveur en salle du côté de Yvoir, représentant en épices d'Orient, restaurateur, vendeur de photos de maisons, et pour finir aux Amériques, comme maître d'hôtel et chauffeur pour une Dame très très riche. Bien entendu, il n'était pas

seul, ma mère était toujours présente à ses côtés, bi-
nôme complémentaire en somme.

Ma Mère, elle en a préparé des repas, pour sa famille,
lors de mariages, communions, mais également pour
des familles habitant sur d'autres continents.
Et de tout cela, que reste-t-il ?

Il reste le souvenir, la mémoire de la vie. Mais ce qui
est certain, c'est que lorsque nous serons vieux, le
plus tard possible, nous ferons encore ensemble un
bout de chemin.

ↂ

3

La Rubrique du Chat perdu

C'est la mère Michelle qui a perdu son chat, qui le retrouvera, vous n'avez pas vu Mirza ? Où est donc passé ce chien, déguisé en chat, chat botté, chat culoté, empoté, qui marche sur 2 pattes. Pas grave, on va le retrouver demain dans la rubrique des animaux perdus. Mon fils, quelle joie de vous revoir, ma mère, elle est trop forte celle-là. Bécassine est ma cousine, cousin cousines, derrière l'église, je ne peux pas m'en empêcher, Monsieur le Curé, je suis une grenouille, changée en carrosse, car j'ai perdu mes pantoufles de verre au bal de la sorcière. Mon fils, on rigole, oui oui on rigole, on ne l'avait pas encore faite cette là ! Celle-là, il a bien dit
« Celle-là » ? Zut, j'aurais mieux fait de la fermer. IL faut réfléchir six Fois avant de dire n'importe quoi.
La revoilà l'autre mégère du couvent tout proche, pour qui elle se prend ? Cette espèce de grande guenon avec sa grande cote noire et col blanc. Ben oui, Joseph, ne t'est pas au courant ? Mais si j'ai du courant à la maison, malgré mon compteur à Bud Get. Tu n'as encore rien compris, t'es sourd comme un bouc ma parole. C'est une expression qui veut dire, tu ne sais pas qu'une chose où une autre se passe à l'instant où s'est passée dans ton quartier ? Si je suis

au courant de pas mal de choses, même qu'encore hier la police est passée avec des chevaux et un carrosse tout en or, oui oui, je l'ai bien vu qui celui qui était dedans, un Prince ou une Princesse sûrement. Et comment t'as reconnu que c'était un prince ?

Ben écoute bien, c'est ma belle-mère qui a parlé avec une voisine, qui elle-même avait parlé avec sa nièce, et elle m'a dit : il y a quelques d'années, ici même dans cette rue, il est passé une drôle de caravane, tirée par quatre chevaux blancs, et j'ai aperçu un visage, mais je pense que c'était une dame. Quelle dame, la dame Blanche, la dame Noire, ben dans ma tête s'est compliquée et puis j'avais trop bu dans le café d'en face, une dizaine au moins de Cara Pils, tu sais celles que l'on trouve chez AL DI. Je vois, t'étais encore complètement zat de chez zat ; je lui ai crié, va cuver ailleurs.

Tes amis, devront faire appel à la TV ou à Super Mama pour te retrouver, ou F B I portés disparus, eux aussi des héros malgré eux ; tient au fait ils sont peut-être aussi vieux que toi ? Ils ne sont plus que des ombres, qui travaillent dans le sillage de leur ombre, qui accepte tout et n'importe quoi pour ne pas se retrouver au chômage. Et tu te demanderas pourquoi, pourquoi ce silence, cette absence, ce vide, pourquoi tu les a entraînés dans cette galère royale, sans issue de secours, et livrés à eux-mêmes, car le grand Manitou a déjà décidé qu'il ne pourrait plus les aider, cette fois…Ils sont allés trop loin, et le jour le plus long est déjà une vieille histoire, d'ailleurs ce sont les touristes qui débarquent maintenant sur cette plage abandonnée, et au loin tu verras une statue de fer, une dame de fer, une armée de guerriers en terre, qui émerge des flots lorsque la mer se retirera, et tu diras : mais bon Dieu ils l'ont fait ! Ils l'ont bousillé notre belle planète bleue !

Jouir de la vie

Sans se soucier des conséquences

Est un acte égoïste et criminel...

4

Eva, le 2ᵉ Être

On a pourtant bien donné des instructions, au 2ᵉ Être ; cet Être suprême, qui donne la vie, qui donne envie, mais qui ne ressemblait aucunement à l'autre, surtout ne manger pas cette belle pomme bien rouge, laisser là à une autre, dans un récit écrit au travers des âges, où il est question d'une dame blanche remplie de neige et de 7 petits de taille. Mais elle a croqué la pomme, et quelques instants après s'est retrouvée dans un monde inconnu ; la femme était Née !

Bon, ok, cette pomme pourrie elle l'a bien croquée, et là ce n'est pas notre faute ! Personnellement je ne vois pas pourquoi cette femme doit être punie pour avoir gouté au fruit défendu… Défendu, défendu, facile à dire, et tout ce qui n'est pas écrit, n'est pas bible. Et qui vous dit que je n'ai pas été obligée de prendre ce fruit ? Ah ah, d'ailleurs rien ne me prédestinait à cette mésaventure, qui malgré moi s'est produite et reproduite. Les tentations sont grandes dans l'Univers, des publicités à tous les étages, dans les journaux, au cinéma, dans votre Télé Viseur et j'en passe et des meilleures. Alors me direz-vous, que faire devant tant de Bla Bla ?

Défendu, défendu, nous raconte-t-elle ; au détour d'un chemin, il y avait un arbre, un Pommier, de préférence, il paraît ? Eh oui, sur cet arbre, il y avait des dizaines de pommes bien rouges et vertes à la fois, peut-être rouges de honte, vertes sans aucun doute, la couleur de l'espoir et du désespoir !
Alors moi, ayant entendu une voix qui me suppliait : hé toi ! vient goûter mes pommes, elles sont bonnes, mûres à souhait, attirantes, enrobées, peut-être même mal intentionnées ? Viens, viens vers cet arbre, et prends autant de fruits que tu voudras. Mais prends garde à toi, ce fruit qui te fait envie, il est bien interdit pour TOI ! Chacun est libre de choisir sa destinée, son chemin, chemin de croix, bref le chemin vers son destin.

Tout de même, il faut bien dire que je n'aie pas essayé, mais dans ma tête, il se passe tellement de choses en même temps, que je ne suis plus maître de mon moi. Et puis la dernière fois, ILS m'avaient pourtant promis qu'il n'y aurait plus d'effets secondaires, tertiaires mêmes, car j'ai bien été reconditionnée pas plus tard que la semaine dernière, lorsqu'en pleine nuit, ils sont entrés chez moi sans crier gare !
Il ne faut pas rigoler avec ces choses-là. OK, on nous passe tellement des films sur le sujet, ou on raconte telle ou telle chose, telle vision, mais moi perso cela fait déjà deux fois que je suis enlevée à la nuit tombante, par ces Drôles, ils m'ont même posé un bracelet électronique, pas moyen de leur échapper !

Tous mes déplacements sont suivis, analysés, mon téléphone a été mis sur écoute, mes amis ne me parlent plus, bref je n'ai plus de vie privée ni d'autres d'ailleurs. ***Voilà pourquoi je l'ai volée cette pomme pourrie.***

Je pensais que cela pouvait ultérieurement devenir une échappatoire, la fin de mes ennuis, qu'ils seraient contents de me voir à leur merci, mais à vrai dire tout le contraire s'est produit…

Au secours, HELP Please, ne me laissez pas seule dans cet univers réduit à néant, comment vais-je m'en sortir, et je ne vois aucune issue de secours. Seul mon écho me répond, cela n'est pas normal, serais-je réduite à errer dans les couloirs du temps ?

Quand tout à coup, une voix venue de nulle part se fit entendre : oui, hélas ma chère enfant, tu y es bien condamnée, tu l'as bien cherché, avoues, entames ta confession ultime, prononces tes regrets, et non tes vœux de chasteté et autres débilités qui sont légion.

Mais les mots que tu va prononcer, il devra en rester trace, il faut que les mégères qui te suivront puissent trouver dans ces écrits, un exemple à suivre, des règles établies ou à proscrire.

Nous l'appellerons le livre des Sages-Femmes.

Voilà saisi la chance que l'on te donne, va, suit ta voie, mais le jour où les tentations seront trop grandes, préviens-moi, je reste à ton écoute.

Je suis la **Sagesse,** ta maîtresse, pour la vie, ne l'oublie jamais.

Notre sagesse n'est que le total de nos désillusions, c'est également un trésor qui n'embarrasse jamais.
Il faut prendre tous les moyens pour l'acquérir…et
elle apporte très souvent des remords.
Le temps ne fait pas la sagesse, elle est dans le caractère, mais le hasard fait souvent mieux que la sagesse des hommes.

Sommes-nous des Clones

Question : sommes-nous tous des clones ? Un clone c'est tout de même mieux que n'être rien. Être ou ne pas être, telle est la question ?

Au moins les clones on ne les mettra pas en cage, ils sont très malins, intelligents, sobres, respectueux, un peu trop d'ailleurs, la nouvelle image de la société moderne, attention, un clone peut en, cacher un autre. ET l'autre, sera-t-il à votre image, sera-t-il à vos pieds ? ET dans quelques années lorsque vous serez vieux, comment vont réagir ces demi-humains fabriqués made in Tai Wan ? Good Morning Viet Name, robot, clones et autres machines à l'esprit pervers, débranche tout, vite vite très vite, sinon ils finiront par prendre le pouvoir sur toi, ta famille, et tu ne seras plus que l'ombre de toi-même, tchao pantin, tu as le bonjour du futur, qui va finir par te sauter à la tronche, tronche de cake, tronche de macaque, tu ressembles vraiment à un géant vert, tu n'es plus que l'ombre de toi-même, et tu finiras dans la Silicone Valley, où tu rechercheras la zone cinquante plus un.

En fait, cette fameuse zone que l'on veut préserver, existe-t-elle vraiment ? Pourquoi tant de mystères autour de cet endroit, y mène-t-on des expériences inhumaines, atroces, ceux qui y travaille ou y travaillais sont-ils coupables de silence ?

Mais non, ce n'est qu'une illusion, plus fort que Houdini, Bougli One, Mes...Mer, les rois de la tromperie, de la magie noire ou blanche, peu importe la couleur, ils ont osé eux ! Et le pire c'est que vous y avez cru à toutes ces conneries, ha ha ha, on vous a bien eu. Nous vous remercions, cher public, d'avoir partagé ces instants de grande illusion, de tromperie, de trompe-l'œil, de rêverie collective, abusive, en somme le perfectionnisme parfait, vous avez été les complices de tous ces actes abominables, innommables, incontournables, vous n'avez même pas réfléchi, vous vous êtes lancé à corps perdu dans cette aventure romanesque, sadique, sans penser aux conséquences de votre acte.

Pas grave, je vous pardonne. Il fallait bien y passer, dans ces couloirs du temps, le temps qui ne s'arrête jamais ! Pas la peine de regarder votre montre, elle-même ne sait plus à quel Saint se vouer !

6

Méditations Morvilloises

Et d'ailleurs

Commençons par le commencement : un beau matin du mois de juin, j'ai pris une grande décision, quitté le domicile, conjugal comme l'on dit, et relaté les faits tels qu'ils se sont déroulés. Rasé de près, même de très près avec mon Gillette contours, multicontours, avec pas mal de mousse, sac à dos remplit de toutes sortes de choses inutiles et utiles, j'ai quitté la maison, je dis « La Maison », car elle n'était pas mienne ; je n'ai pas regardé derrière moi, pas de regrets, pas de pleurs, pas de souvenirs, d'ailleurs des souvenirs, c'est pour les personnes sentimentales, qui ont un cœur, moi je n'en avais pas, ha ha ha.

Je suis descendu par l'allée principale, bordée de chênes centenaires et de haies de grands sapins verts, je me suis arrêté un court instant par acquit de conscience pour vérifier le contenu de la boîte aux lettres ; vide !

Alors j'ai écrit dessus à la craie blanche, rien, je ne regrette rien, rien à cirer. En plus je n'ai jamais aimé cette porteuse de mauvaises nouvelles et de factures à payer. Les factures cela faisait longtemps que je les payais à crédit ou même pas du tout. Toute une vie à crédit d'ailleurs ! Les crédits cela ruine des gens, des familles entières qui finissent par ne plus pouvoir rembourser et très vite touchent le fond de la marmite du désespoir. Voilà ce que j'en dis de ces liasses de billets qu'un intermédiaire en crédit comme l'on-dit ou votre banquier vous a (prêtées) avec un large sourire malsain !

À part la tranquillité et le silence, franchement que recherchaient-ils ici, les Holl Landais, dans ce pays ou même le bon Dieu n'est jamais passé ? Le trésor des templiers serait-il caché par ici ? À mon avis 'on va y retrouver l'épave du Titanic ? Rien de tout cela, c'est juste un coin banal, vide de tous sens, sans espoir, telle une mine d'or vide de ses veines.

Nous étions bien dans une région, un pays défavorisé, désert, sans aucun intérêt ; même les Écureuils qui en principe devraient courir partout, plus un seul !

Le gibier qui venait manger de l'herbe dans certaines parcelles a fui cette terre, ne trouvant même plus de quoi se nourrir correctement ! La faute à qui de nouveau ? À tous ces prolétaires, ces acheteurs de propriétés, avec leur Fric pourri, ils finiront bien un jour par manger les pissenlits par les racines ? Nous les Petits, heureusement, nous avons encore un peu de dignité, de savoir-vivre, de respect pour *L'Autre*....

Et maintenant, une petite morale, en somme… Et là je me suis dit : mais je suis encore maître de mon temps, j'en dispose comme je l'entends, sans rendre de compte à personne, et du temps j'en avais à dépenser sans compter, libre comme l'air, libre comme l'oiseau. Rendez-vous compte chers amis, ne plus avoir à rendre des comptes, de plus donner de l'argent à tous ses mécréants, ces aristos avides de pouvoir et d'autres choses ; eux au moins ils sont blindés de fric, et s'empiffrent de bonnes chères, de bières et de vinasses à cinq balles. Eh bien eux croyez-moi, la nuit, au lieu de dormir ils passent leur temps à compter leurs pièces d'or, une par une, et s'il en manque une ils crient au scandale, au voleur, pendant que toi tu crèves la dalle, et tu bouffes du al di à longueur d'année.

Nous Messieurs, Dames, on est fier, on travaille, on vit, et pour finir on ne compte plus, car on a la frousse de ne pas pouvoir arriver à la fin du mois et finir par manger des Fricadelles et des frites, ou pire des macaronis sauce tomate avec ou sans boulettes Kite Kate ! Après tout c'est votre faute si on est arrivé là, car vous nous avez pompés jusqu'au dernier sou. Et puis on s'étonne qu'il y a des mauvaises choses qui se passent. ***Quoi de plus normal, car un jour on se rebelle.***

Ps) Nous entrons dès maintenant dans le vif du sujet ; car la suite va vous emmener dans les profonds abîmes de la vie, de l'Antiquité ou des Antiquités tout

court. Allez-y franchement, n'ayez aucune crainte.
La machine infernale n'existe plus !
Pas besoin dès lors d'avoir fait de grandes études
pour me suivre, pas besoin de connaissances spéci-
fiques ni encore moins de diplôme.
Chez moi, j'accepte tout le Monde, petit, grand, laid,
et de toutes civilisations. Mais il y a des exceptions,
les magouilleurs, les bouffeurs de pognon, les es-
crocs, vous passez votre chemin, vous n'avez pas
votre place dans mes Histoires !

Parlons-en un peu de ces personnages odieux, qui
osent dire qu'ils vont vous aider, avec une réponse de
principe immédiate, et sans intérêts compensatoires
ou divinatoires.

Mais, car il y a un, **MAIS,** il y a cependant une condition indispensable, vous devrez au préalable réciter
votre curriculum vitae et que vous n'avez pas de fiche
noire dans la ***Grande Banque Centralisée*** !
Ha, ha, elle est bien bonne celle-là, mais moi je n'ai
pas besoin de votre argent blanc, issu de je ne sais
quelle embrouille, ou d'un radis fiscal à des centaines
de milliers de kilomètres.
À la prochaine page, je vais vous parler de liberté, les
chemins de traverse, les raccourcis, et tous les mots
indispensables à votre survie.
Ici, il ne sera pas nécessaire de vous protéger, vous
allez voyager à découvert, sans aucun risque de vous
retrouver nus comme des vers.

7

Liberté chérie,
la vérité se cache ailleurs

Je ne suis pas un numéro, je suis un homme libre, libre de dire et de crier à qui veut l'entendre, basta, ras le bol de cette société où tu travailles pour l'État, où l'on t'oblige de faire ceci ou faire cela, et au bout du compte ils te pompent, et tu réclameras évidemment, c'est prévu qu'ils disent…. À qui la faute ? Et alors tu réfléchiras et tu diras : oui si j'avais payé des acomptes à ces enfoirés ou si je leur avais écrit en expliquant avec des mots à moi, des mots tendres et langoureux, ils auraient peut-être eu pitié, mais nous ne sommes pas au mont-de-piété, à la Vierge qui est noire, noire de la sueur du peuple, du charbon extrait de la terre par de pauvres gens, par des enfants, et qui y sont restés ! Bref, il ne faut pas chercher très loin, la faute elle revient aux hommes et aux femmes de ce pays, qui se laissent faire comme des petits moutons, aux Armes Citoyens, au diable tous leurs partis néfastes, au diable tous ces Saints-Dicats, toutes ces institutions et ces ministres qui ne servent à rien sauf à te punir ou te demander de payer, où même pire.

Quelle injustice, antisociale. Assez de ces intercommunales, dont certains responsables mettent sous la table des centaines de milliers d'euros et qui s'en sortent toujours et puis le top, des gens qui en tuent d'autres, et ils finissent aussi au-dessus du rang, car ils sont protégés par une immunité. N'est-ce pas scandaleux tout cela. ET nous nous vivons parmi ces gens méprisables. STOP Assez !! Mais bon tout cela peut faire ou pas l'objet de grands débats de la société.

Société humaine, inhumaine, sans rigoler, que reste-t-il de l'humain dans tout ce cirque, le plus grand cirque du monde, avec les meilleurs artistes, les plus grands manipulateurs, illusionnistes, fantaisistes, d'ailleurs cela continue et continuera et n'empêchera pas la terre de tourner en rond. La terre est-elle vraiment ronde ? Mettez donc votre tête à l'envers ; une fois ou 2 par jour et vous serez fixé.

Mais là aussi, nous a-t-on dit toute la vérité ? Comme pour tout le reste. La terre est-elle bien ronde, les dinosaures ont-ils vraiment disparus, les hommes des cavernes, ont les a bien mis à l'abri quelque part en réserve, au cas où ? Imaginez-vous un instant que dans quelques années, un touriste japonais ou javanais, ou même peut être Polo nais découvrait au détour d'un chemin, sans prendre garde, un de ces géants de la Préhistoire. Bon cela ferait une bonne pub pour le pays tout entier, on pourrait à nouveau dire : Ces Gaulois (gaulois, anciens habitants de la Gaule) ils sont vraiment incroyables, ils laissent des animaux dangereux en liberté.   (Mais il y a dans notre pays tant de personnes dangereuses.

Et alors on verrait arriver de tous les coins du monde des hordes chasseurs de dinosaures, avides de trophées non pas pour le plaisir, mais pour les capturer afin de les mettre dans un zoo ou même certains dans leurs jardins. Quelle triste fin, peut-être, mais leur disparition brutale et pseudo extinction.
Mais, n'est-ce pas mieux que d'être exposés dans des espaces avec de grandes clôtures électriques de préférence et que les touristes paieraient des fortunes pour aller les admirer ? Idem pour les Mammouths, laissons-les bien là où ils reposent, pourquoi passer du temps et dépenser des fortunes pour rechercher leurs dépouilles glacées de la Toundra, ils méritent mieux que cela, foutez-leur la paix. Arrêtez Messieurs les Explo Ratés, les fouilleurs de toutes sortes, au lieu d'explorer le passé dans ces grandes cavités que l'on appelle Pi Ramides, ou autres sites abandonnés par leurs habitants (d'ailleurs, réfléchissez un peu, pourquoi ont-ils quitté leurs terres, leurs maisons. Intéressez-vous à votre futur, votre devenir qui avance vers vous à grands pas, on ne sait pas l'arrêtez celui-là, il fonce comme un TGV ou un euro Star, et acceptez-le, de toute façon c'est irrémédiable.

Pas de panique, j'essaie juste de vous emmener dans le monde réel, le monde où nous sommes tous obligés de vivre ou tenter de survivre, un monde injuste, où plus rien de va, les industries qui ont fait la gloire de notre pays s'enfuient à l'étranger, alors que DE-VONS-NOUS FAIRE ou ne pas faire ? et n'oublions pas :

L'eau ferrugineuse contient du fer, et le faire c'est bien, mais le dire c'est mieux !

Masse atomique : 55,845 u ± 0,002 u

Point de fusion *:* 1 538 °C

Numéro atomique *: 26*

Configuration électronique *:* [Ar] $3d^6 4s^2$

Et l'âge du fer, pourquoi ne pas en dire quelques mots :

Comment nos Anciens, aussi loin que l'on puisse re-monter dans les âges, ont-ils découvert ce métal, et qui plus est en ont fait un tas de choses, intéressantes ou pas.

À une certaine époque, ce triste métal était déjà uti-lisé pour faire la guerre à ses voisins, à d'autres peuples, pour acquérir des territoires, améliorer la construction des habitations ; et si on pouvait revenir cinq ou six mille années en arrière, referait-on les mêmes erreurs ? Tout cela est en fait un débat de société, responsable ou irresponsable, à chacun à sa méthode. Qui pourra juger ceux ou celles qui ont fait cette découverte qui allait changer un certain nombre de choses. Hélas, on ne peut remonter le cours du TEMPS.

8

Solution, finale ou pas ?

Quoi de plus beau de vivre et de s'épanouir dans un monde merveilleux, sans haine, sans guerres, sans ces gens venus de terres inconnues, qui ne pensent toujours pas comme nous. Et il ne faut pas toujours chercher midi lorsqu'il est quatorze ou quinze heures.

D'ailleurs nous avons un bel exemple de ce temps, ces heures qui défilent à une vitesse grand V, et qui varient en hiver et en été. Mais qui a le droit de faire cela ? Changer le cours du temps ? Eh bien oui, nos chers élus de quel bord ils sont ou de quelle nation, ont osé changer cela. Pourquoi ? Pourquoi, au nom de l'économie budgétaire, du profit, et le simple citoyen, qu'à t'-il gagner avec tout cela ? Rien, des misères, dans tout le sens du terme, nous ne sommes pas plus riches avec cela, au contraire, les ***Pauvres*** sont de plus en plus pauvres et les ***Riches de*** plus en plus riches ! Car depuis ce cher EURO, le coût des marchandises est devenu, double ou triple, et pas besoin de savoir compter pour comprendre ce phénomène qui nous oblige à dépenser plus pour avoir une vie correcte, une vie sans problèmes, sans soucis, sans toujours penser au lendemain. Tu vas va au magasin du coin, avec une enseigne bien connue de tous et commence par D ou par G, eh bien, tu es vite à 50 balles et t'as que dalle ! Pendant ce temps, derrière certains murs de villas cossues, les Riches eux ils n'en ont rien à foutre ! Merde, à la fin, c'est une injustice sociale, appelons un chat un chat et un cochon un cochon.

D'ailleurs, la pauvreté qu'elle est dans la rue ou dans chaque ménage ne devrait même pas exister. Mais de nos jours encore elle est bien présente sous des formes diverses.

Ce sujet, très préoccupant devrait faire l'objet d'un grand débat de société, où tous les acteurs devraient être présents, démocratiquement, et pourquoi pas descendre dans la rue pour y crier la colère du peuple, affamé, réduit à l'esclavage humanitaire.

Je pense qu'il y a plusieurs centaines d'années l'esclavage avait été aboli par un Grand Président ? Mais hélas, il est toujours bien vivant !

D'accord il y en a qui y sont parvenus par leur travail, leur dévouement, mais on peut les compter sur les doigts de la main, faut-il encore en avoir deux ! Mais la majorité, d'où pensez-vous qu'elle vient cette manne céleste, ces millions de Dollars ou Euros ? Et puis, nous sommes surveillés en permanence par toutes sortes de machines, de personnes soi-disant accréditées, mais où es-tu Liberté chérie ? On ne serait pas très surpris que dans chaque maison, appartement, caravane publicitaire ou non, cette société merdique vous a collé des micros partout, sans aucun doute. Alors que faire ? That Is the question ?

N'est-il pas venu le temps d'entonner la chanson des partisans, des révolutionnaires qui à une époque eux ont osé défier le Pouvoir ? « Allons chers Enfants de la Fratrie, le jour où la gloire va revenir est arrivé ». Rassemblons-nous derrière des Bar Ri cades que nos aïeux ont érigés.

Armons les Bat Aillons et mettons-leur une belle fessée à ces intrus, ces mangeurs de fric, ces ogres des temps modernes qui vivent dans des Tours de Garde, que l'on trouve dans toutes les grandes villes.

Le petit Poucet n'est plus là pour semer ses petits cailloux, mère grande a déjà pris la tangente pour ne pas être mangée par le loup ; mais la peur subsiste, la peur de se faire enfermer, la peur de se taire ; la crainte même de parler, de s'exprimer, ne les craignons plus mes bien chers amis, tous ces GENS qui détiennent le Pouvoir.

Pour moi nous vivons encore en partie comme au temps des châteaux forts où il y avait un seigneur et ses copains qui régnaient en maîtres absolus. Le petit peuple, avait tout juste de quoi survivre, et si par malheur, tu n'avais pas ce qu'il fallait (récoltes, bijoux ou argent) pour payer la Dîme, on te foutait au cachot ou on te chassait du village ou pire encore ils brûlaient ta maison. Quelle époque !

Heureusement, nous n'en sommes plus là, mais en fait pas très loin. Il y a peut-être pire à l'heure actuelle ? Les Ban Quiers, les Chevaliers Noirs des Temps Modernes, ils ne se déplacent plus à cheval, mais en grosses bagnoles que même toi tu ne saurais jamais te payer.
Ils vivent toujours dans des espèces de châteaux, grosses baraques, avec des terrains immenses, ces Seigneurs tiennent ta vie entre leurs mains, qu'elles soient propres ou pas, peu importe, eux en un instant ils peuvent te réduire à néant, en dénonçant les crédits, et opérant des saisies sur son salaire ou ta pension !

Donc en résumé, si tu as les moyens, ne fait jamais de crédits, seul le travail te rapportera de l'argent, les banques et les intermédiaires de crédits sont des personnages qu'il ne faut pas trop approchés, cela me dégoute, et en plus au bout du compte du devra rendre surement le double ton EMPRUNT !! Passe ton chemin, un bon conseil, ÉVITE de te rendre dans ces endroits bien agencés et illuminés comme des maisons closes, car finalement tu en ressortiras déplumer jusqu'à l'os. Et le jour d'après que feras-tu, de tout ce temps, de ta vie, de ton argent, du moins s'il t'en reste encore assez ?
La bourse ou la vie, tel est le dicton.
Si tu n'as pas de pognon, de monnaie, de pèse, de fric, de flouse, tu n'es RIEN…

9

Un monde meilleur

À lors au bout du compte, ce Monde meilleur, tant annoncé par les prophètes, ou même la fin du Monde, du moins tel que nous le connaissons, déjà en 2012, elle était annoncée à grand coup de films, débats, etc., je ne pense pas que ce monde actuel va disparaître, mais peut-être que le pire est encore à VENIR…

Une autre perspective : d'autres Mondes vont venir nous coloniser ? Nous réduire à l'esclavage ; l'Histoire va-t-elle se répéter ?

Certainement, d'autres Mondes sont là présents, dans notre conscient ou subconscient, ils attendent avec patience, avec témérité, le bon moment, la bonne époque ? Et aussi peut-être que ces Êtres ne savent pas faire le bon choix ?

La colonisation a d'ailleurs déjà commencé dans la vie de tous les jours en fait, sans que nous les Petits l'on s'en rende compte. Dans chaque ville, chaque village, chaque monastère, ILS sont là ! Maintenant vous allez me dire sous quelles formes ? Le souci c'est qu'ils peuvent prendre n'importe quelle forme : humaine, animale, paranormale, énigmatique, à chacun de reconnaître auprès de lui, cette présence, utile ou inutile, plaisante ou déplaisante ; mais le fait est là chers concitoyens, il est trop tard pour faire machine arrière, tel un train, non, non, la lutte doit commencer !

Cette lutte, tous ensemble, tous ensemble, réuni pour le meilleur ou pour le pire, continental ou intercontinental, occidental, médicinal, bref tous les noms ou dénominations possibles et imaginables, et de toute façon il faudra bien qu'elle se termine un jour, par une victoire, du peuple de préférence, pour qu'enfin nous les petits puissent vivre le bien-être total et pas banal.

Ne prenons plus exemple sur nos voisins, qu'ils soient proches ou très éloignés, ils ne sont pas tous bons modèles de société, suivant les belles paroles de leurs dirigeants, leurs sociétés toutes connes ou fondues, ne sont pas reconnues comme telles.

Que faire dès lors ? Suivez le guide, touristique ou non, avec pourboires ou pas, à vous de choisir, car moi je vais vous donner ma vision des choses…

Le tout est de savoir comment s'organiser pour faire la chasse, à court, à l'affut, ou tous autres moyens légaux et illégaux et chasser les INTRUS extra-terrestres. ?

Voici, ma vision personnelle, qui n'engage que moi, ai-je raison ou pas, telle est la question :

—Organiser la résistance : c'est-à-dire, dès aujourd'hui, de préférence lorsque le soleil est au zénith, distribue dans ton quartier, dans ta rue ou village, un Folder Publicitaire pour dénoncer cette présence non acceptée de ces personnages étranges aux mœurs plus que bizarres.

—Invite tes amis, tes voisins (mais fait attention aux traitres, aux dénonciateurs, aux délateurs, et crois-moi ils sont très nombreux) à une petite soirée en ta demeure, et parlons, prenons des décisions, pour agir rapidement et proprement, sans bavure.

—Surveillance rapprochée des individus suspects, en principe ils le sont tous ! ET en faire rapport au VOISIN.

—Organiser le scrutin, pour décider du sort que l'on va réserver à ces SUSPECTS ?

—Lorsqu'ils seront reconnus coupables d'INVASION, les ramener avec ou sans la force à leur vaisseau mère ou Père, ils en auront le choix de plein droit, on n'est pas des sauvages, tout de même.

—Mais surtout, il faudra bien les prévenir : pas de recours possibles, pas de retour, pas de détours, finit, les PROTECTIONS, les passe-droits, les IMMUNITÉS, car le PEUPLE en aura décidé DÉMOCRATIQUEMENT !

—Alors la TERRE sera devenue un peu plus propre, sans les Envahisseurs, d'ailleurs seul un certain David V, lui il les a vus, à mener contre eux un combat acharné, et sûrement d'autres après lui et peut être même de nos jours encore, la lutte continue, car si on y pense bien, nos aïeux, eux pendant deux fois quatre années, ils se sont battus sous toutes les formes, contre ce genre de personnages, et pour finir après des milliers de victimes des deux côtés, la PAIX et la PROSPÉRITÉ sont enfin revenues.

—Mais malheureusement, l'HISTOIRE se répète ! Les violences, les destructions de villes et les guerres, les différentes dictatures continuent à faire des ravages, et jusqu'à présent personne n'y à trouver une solution durable et équitable pour tout le monde

—Mais il faut rappeler que d'autres fléaux aussi importants nous guettent, sont à nos portes, au quotidien : le CHÔMAGE, le Crime organisé, tous les organismes qui vident nos portefeuilles et nos petites économies, les pires sans aucun doute ; les faillites de grandes usines ou grands groupes installés dans notre pays et d'autres qui viennent semer la terreur dans nos villes. FIN de cette petite exploration sur

Notre Monde, à chacun de réfléchir, de méditer et d'agir en conséquence…

—Alors, citoyen, citoyenne, tu attends quoi ? Entame

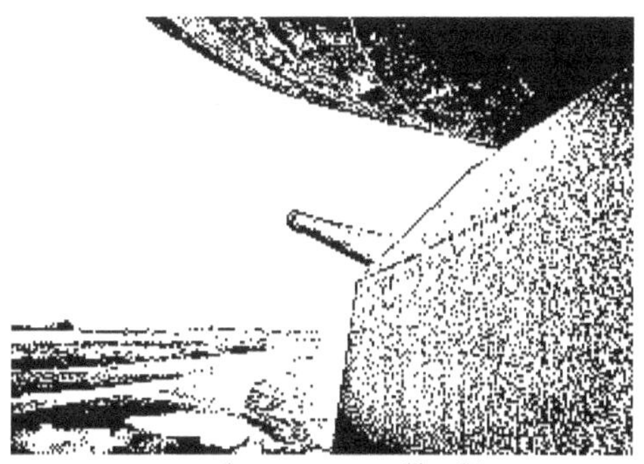

cette lutte, cette turlutte, appelle là comme tu voudras, mais AGIS mon ami, mon frère, rentre-leur dans le lard, et pas de quartier, sus à l'ENNEMI Et pas de quartier, un seul maître mot : ***Broken Arrow.***

10

Prière de surveiller vos arriérés

Chères Lectrices, Lecteurs et amateurs de sensations fortes, je vous remercie, vous allez à nouveau entrer dans l'univers fantastique par moment, vous entrez en somme dans les couloirs du temps, alors soyez vigilants et prudents à la fois, laissez-vous allez, ne résistez pas, allez jusqu'au bout de votre rêve :

Mais, dès l'instant ou vous lirez ces quelques lignes, vous ne serez plus maître de vos pensées, de vos actes, de tous vos biens matériaux, et SURTOUT regardez bien partout, dans les armoires, votre GSM, téléphone fixe, TV, tablette, derrière vos tableaux accrochés aux murs qu'ils soient vrais ou copies, car la Machine, vous Sur. Veille !

De plus en plus, nos faits et gestes sont étudiés, répertoriés dans des banques dites de données, eh oui, la civilisation est en train de nous échapper, nous ne pouvons plus rien contrôler, cacher, nos petites économies cachées au fond d'une chaussette ou sous un matelas, c'est terminé, cette belle époque.

Que pouvons-nous y faire ?

RIEN, Subissons ! L'Attente

C'est un terme, il faut le reconnaître, qui signifie pas mal de choses de la vie courante, qui peuvent ou vont vous arriver. Quoi de plus ennuyeux que d'attendre chaque matin, le facteur, en l'occurrence celui qui apporte les bonnes et les mauvaises nouvelles.
Vous pouvez aussi attendre des heures interminables sur un quai de gare ? Banal, me direz-vous, mais des milliers de personnes le font chaque jour matin et soir, presque une obligation.
Attendre un ami ou une amie à un endroit bien déterminé, mais cet ami ou amie n'est pas à l'heure où vous à poser un lapin ! Un lapin, moi je ne connais que les lapins, tout droit sorti du chapeau d'un magicien en mal d'aventures ?
Ou alors un terme employé dans certains couples par lequel on nomme son conjoint. Pour ma part, je n'aime pas ce terme ; nous ne sommes pas des bêtes tout de même ?
Il y en a de toutes les grandeurs, de toutes les couleurs, avec de grandes ou petites oreilles, au choix. Mais ces bestioles, elles sont venues au monde dans leur plus simple appareil en somme, peu importe la couleur de leur peau !

11

Nos Ancêtres

Sommes-nous tous des singes, pour rentrer dans les cages que les Hommes ont construites pour nous ? Mais tous les singes sont malins, ne dit-on, pas malin comme un singe. Eh oui, je pense vraiment que nous vivons sur une planète qui n'est pas la nôtre : ***La Planète des Singes***.

Eh oui cette fusée, elle a bien fini par sortir de son orbite terrestre, remplie de tous ces gens qui un moment donné y a bien cru *à l'Avenir.* !

 Les Rois Magiciens, les Dix Commandements, Marie, Joseph, la ou les Bibles, nul ne sait vraiment, à part peut-être le Pape, à quoi cela a-t-il servit ?

Les singes, ils sont ou bien dans parcs pour touristes, ou en A-Frique, et on les a bien dressés, cela m'étonnerait qu'ils puissent s'échapper.

Parlons-en des Saintes Écritures, un Livre, dans lequel des personnages, en l'occurrence des serviteurs engagés pour la cause, ou je ne sais qui raconte l'histoire de l'Humanité, de la vie d'un type qui devait sauver nos âmes, venu sur la terre pour sauver les mortels. Eh bien, qu'a t'il fait en réalité ?

Oui, c'est un type que l'on appelait Le Sauveur, qui un jour a été jugé, par un Ponce Pila, et accroché à une croix. Il a tellement été roué de coups, qu'il a succombé à ses blessures.

Après il est revenu parmi. Nous. Miracle, oh Miracle. Alors tous tous à Lourdes, ou à Toré Molinos, dansons, sautons dans la piscine des miraculés. Nous en ressortirons guéris de tous les maux, de tous nos pêchés, de toutes nos conneries, blancs comme neige, à part Zwart Pit qui n'a pas employé Bonne Nux ; tous les Grands du monde *veulent l'éliminer.* Pourtant il a toujours accompagné le **Grand Saint**, sous différents noms, Zwart Pit, Père Fouette tard et alors tout cela par ce qu'il n'a pas la même couleur de peau que la plupart des gens ? Allez, Messieurs, pas de racisme, pas de xénophobie, pas de barbarie, soyez adultes, soyez responsables, respectez les Traditions.

Les Hommes ont bafoué tous ces principes, ont même fait deux guerres, et qu'en est-il ressorti de tout cela ? Des millions de morts, des hommes des femmes des enfants des soldats, des Généraux sans Étoiles, sans cœur.

Pourquoi tant de misères ? Tant de croix blanches dans ce que l'on appelle des cimetières : quel mot étrange ! Une sorte de terrain vague, une vague de brume, où sont rassemblés tous ces héros, morts pour la Patrie, pour une cause, par fierté, par patriotisme, pour défendre la veuve et l'orphelin, et que ceux qui sont restés viennent parfois ou souvent rendre une visite de courtoisie, de sympathie, de regrets, pour que le souvenir persiste.

Quelle bêtise !

Mais une autre interrogation ? Qui étaient vraiment ceux qui nous ont précédés il y a plusieurs centaines d'années ? On en raconte tellement là-dessus, l'on nous montre bien des images, des reconstitutions, le milieu dans lequel ils vivaient. Mais ont-ils vraiment existé, ces hommes et femmes des cavernes ? Alors singes ou humains ? Les dinosaures, les brontosaures, et toutes ses bestioles volantes et rampantes. Qui le sait vraiment. On n'a jamais retrouvé que des os, des squelettes, des dents. Mais nous dit-on toute la vérité, toute la vérité ? Dis, je le jure Monsieur le Juge, et puis basta. Mais la VÉRITÉ, où réside-t-elle ?

J'ai bien une idée sur les personnes qui détiennent les Secrets de l'Humanité, l'Histoire de l'Homme.

 Un seul endroit : le Vatican.

Endroit sombre, secret même, où vivent et travaillent des centaines de personnes à la solde d'un seul *Homme*. IL a tout pouvoir, sa parole est sacrée ou désacralisée, et des milliers de Pèlerins viennent chaque jour pour *l'Adoration,* la Purification des péchés, ou tout simplement par simple curiosité ?

12

À toutes les Femmes

Je vais ici un peu déconner et charrier les femmes, les femmes du Monde, les femmes de bar, les femmes de foire, celles des autres et à venir :Mesdames, êtes-vous réellement notre avenir, notre devenir ? Qui le sait vraiment ? Qui saura qui saura, qui saura, nous le dire, seules la ou les personnes ou entités ou autres intelligences artificielles pourront enfin nous apporter des réponses. ? On nous a tellement raconter des histoires pendant les cours obligatoires de religion ou dans les sermons de cet individu que l'on dénomme grand prêtre ou « prêcheur » ou bonimenteur qui du haut de leurs vérités nous ont raconté la vie de Marie Madeleine, d'une Sainte que l'on disait vierge et tout leur baratin à l'eau de rose.

Eh bien oui, Messieurs, on y a cru ! Balivernes, cette chose que l'on appelle Femme n'apporte pas que des bonnes choses. Il est vrai cependant qu'il y a des exceptions !

Certes, dans chaque ville, chaque village, chaque pays, il y en a bien quelques-unes qui sortent leur épingle du jeu, mais encore faut-il bien connaître les règles du jeu, règles mensuelles, trimestrielles, annuelles, ou même pour certaines plus aucune, sont des phénomènes !

Sont-elles réellement indispensables à l'heure où je vous raconte cette histoire à dormir debout, une heure ou les mômes sont couchés, quand le calme règne sur la ville, peur sur la ville, peur d'en rencontrer une au coin d'un bois, le soir au clair de la lune, lune de miel, au secours, au secours, il y en a des centaines, sont-elles bien réelles ? Et pas question de jouer un air de guitare pour les charmer, mon ami Pierrot, ne me prête pas ta plume, pour leur écrire un mot doux.

À force de chanter sous leurs fenêtres, tu vas vite te retrouver à l'osto, ou finir comme Gigolo.

Ta chandelle est bien morte depuis longtemps, usée par le temps, une bougie cela se remplace, tu cours au magasin du coin, un Nuit et Jour, et là tu trouveras des bougies qui ne s'usent plus, qui dureront l'Éternité. On ne t'a pas oublié tu vois, on a même fait une chanson, certes ce n'est pas un tube au Hit de la parade, tu n'as pas reçu un disque en or.

En résumé, lorsque vous sortez, le soir par une nuit sans brume, sans lune ou avec c'est au choix, sortez couverts, dans tous les sens du terme.**Lol, lol *Mesdames, Mesdemoiselles, c'était juste une histoire à***

dormir debout, une histoire sans issue, sans fin, l'homme sauf s'il a changé ses préférences du sexe, <u>***a besoin de vous.***</u>

Mais pas question de racolage gratuit, tout se paie, tout se monnaie, en EUR, Dollars, Livres sterling, Yen, Escudos, Mexicanos. Tout se paie au prix fort, vive le roquefort et le jambon beurre, qui maintenant est victime de son succès, aussi bien à Paris, pays de sa naissance, qu'à Mos...Cou, quoique dans cette immense mégapole, le jambon est remplacé par du Marc Assou et le beurre par des épinards ! Ne dit-on pas : mettre du beurre dans les épinards ？ Les Épinards, plante légumineuse en l'occurrence, qui renforce l'organisme, l'organiste ou ce que vous voulez.

L'organiste, personnage qui maîtrise les orgues, instrument de musique que l'on retrouve dans les lieux de cultes.

❧

13

Le Clochard et une prostituée

Une histoire banale en somme, qui se déroule à nos portes, dans une grande ville située en Belgique. Pas de noms précis, juste 2 protagonistes et non accordéonistes, non juste deux personnes de sexe opposé, qui raconte leur vie quotidienne. Nous les nommerons cependant par des prénoms, Marc et Katy. Marc, un grand gaillard que la vie n'a pas gâté en somme, victime de cette société de consommation abusive dans tous les sens du terme. Il est né un matin de janvier, non pas dans une étable, mais dans un endroit où certains enfants victimes de parents indignes ou indigents sont laissés pour compte, abandonnés à leurs tristes sorts aux mains de personnages souvent odieux, aux mentalités de l'ancien régime.

À l'âge de 17 ans, enfin il est sorti de cet enfer, libre, avec pour tout bagage, une petite valise brune usée par le temps. À la sortie, personne ne l'attendait, alors d'un pas pressé, il se dirigea vers la ville qui était à deux pas ; il frappa à toutes les portes, avec un grand sourire afin d'obtenir le gîte et le couvert.

Enfin, au bout de longues heures, un ami de Dieu, un homme habitant dans la Cure, l'invita sous son toit, et tout de suite il s'empressa de l'appeler mon fils. Tout se passa bien pendant quelques jours, mais il décida cependant de tenter sa chance ailleurs.

Malheureusement, il se trouvait dans une zone où régnaient la corruption et le manque de travail ; il erra au gré du vent salé, pendant plusieurs jours, et finit par s'endormir sous un pont, en espérant vivre des jours meilleurs. Des passants attristés par sa présence et son désespoir déposaient chaque jour, des couvertures et de la nourriture. C'est la moindre des choses. Voilà, c'est tout simple, c'est de cette façon que l'on finit sous les ponts.

Katy, oh Cathy, Cathy, tu reviens de loin tu sais, mais pas de sentiments, parlons un peu de ta vie, ton histoire, le chemin qui tu as parcouru pour en arriver là, oui sur un trottoir, la rue des pas perdus, des inconnus et même des très connus.

Tu as commencé ta vie, au lendemain de la guerre, dans un orphelinat, entourée de bonnes sœurs, enfin en principe. Tu as grandi dans cette pouponnière de l'absurde et du non-respect des Droits de l'Homme ou de la Femme.

Disons que ce n'est pas un début de carrière d'artiste, mais plutôt de saltimbanque, d'enfants errants, et tu en es sortie, à l'âge de 21 ans, l'âge du Christ, une très bonne référence en somme ? Tu as reçu la meilleure des instructions possibles, bien nourrie, bien habillée, bref un ange venu directement du Ciel.

Tu as bien écouté toutes les recommandations de tes mentors. Il faut bien le dire, sont de beaux parleurs, des enfonceurs de portes ouvertes, à toi d'en profiter.

Voilà, tu viens d'entrer dans le Grand Monde, avec toutes ses dérives, les mauvais quartiers, où la terreur règne en maître absolu et divin, mais il n'y a rien de divin là-bas, évite donc d'y rester trop longtemps.

Faute de te trouver un logement convenable suivant tes premiers deniers, sous forme de bourse remplie de pièces jaunes que ces adorateurs du Saint-Esprit t'avaient confiée en te disant : fait en un bon usage ma petite, pense à toi et aussi aux plus pauvres.

En somme tu as fait de ton mieux, et tu y as cru, à cet avenir assuré ; hélas, maintenant tu es occupée à chercher des clients, c'est tout ce que tu as trouvé pour manger à ta *Faim* chaque jour et avoir un logement correct. Marc et toi, vous êtes dans la même galère, en train de ramer et de ramer au son des tambours.

Chaque personne est responsable de son destin, à chacun de choisir la bonne voie, mais nous savons bien tous que la société est corrompue, malsaine, il faut être solide de nos jours, être for intérieur et extérieur, pour ne pas finir comme ces deux chérubins.

La morale de cette fable est la suivante : la vie ne fait pas de cadeaux à tout le monde, en particulier lorsque tu proviens d'un milieu défavorisé. Certaines personnes au pouvoir continueront à s'en mettent plein les poches, ne seront pas ou presque pas punis ni même inquiétés par la Sainte Justice.

Et vous qui avez lu cette histoire, il faut dire des plus étranges, ironique parfois, sarcastique, mélancolique, humoristique, que pouvez-vous ou que devez-vous faire pour changer les choses ? Lorsque vous vous retrouverez un de ces prochains jours ou années derrière un rideau, peu importe sa couleur, devant ces feuilles de papier, qui ressemblent plus à des torchons qu'à des bulletins de voltage, n'oubliez jamais vos petits crayons personnels afin de ne pas choper une de ces maladies infectes qui y sont légion, car on ne sait évidemment pas ce que votre prédécesseur en a réellement fait ! Allez-y, Mesdames et Messieurs, exécuter votre devoir scolaire citoyen et d'autres s'occuperont de vous mettre un tampon sur votre carnet de voyage avec ce mot :
Rejected.
Après cet acte citoyen, afin de vous évader, pensez toujours que pour les voyages hors du temps, vous n'aurez pas besoin de tous ces choses matérielles, immatérielles, tous vos soucis, auront à jamais disparus.

Alors promenons-nous dans les bois, tant que les loups n'y sont pas encore revenus. (Maintenant les sangliers).

Fruits en péril

Quoi de plus beau que de se ramasser un bon fromage bien coulant sur la tronche ? Cette mésaventure m'est arrivée pas plus tard qu'hier dans l'après-midi.

Plantons le décor : une petite route à l'écart de toutes habitations, un grand verger où grandissent de beaux arbres fruitiers, juste moi et quelques bestioles noires qui virevoltent dans les airs, tout simplement ; rien d'extraordinaire me direz-vous ?

Ayant aperçu quelques beaux fruits bien rouges, je sautais la clôture, et en ligne droite, j'arrivai très vite sur le lieu du délit. Pourtant il était bien indiqué à l'entrée : propriété privée, défense d'y entrer, vous en sortirez aussi vite.

Étant donné que je n'avais aperçu âme qui vive à au moins 500 mètres à la ronde, je me pressais de récolter ces merveilleux fruits sous un beau soleil.

Il était donc trop tard pour revenir en arrière, le délit était en train d'être commis. Mais qui dans son enfance n'a pas fait de pareilles choses ? Ce qui est interdit est toujours plus amusant et on se dit : je ne fais de mal à personne, et cela fait des années que ces arbres sont là, plus personne ne doit s'y intéresser me disais-je.

J'étais tellement occupé, que je n'avais pas entendu un grand cri au pied de l'arbre ! Un petit personnage sortit de nulle part, et rouge de colère, me tint à peu près se langage : cher monsieur, vous n'avez pas vu la pancarte à l'entrée du champ ? Vous êtes aveugle ou complètement idiot ? A ses pieds, un grand molosse, qui aboyait, et montrait sa superbe denture. Bon lui dis-je, mais tout d'abord retirer ce chien enragé et je pourrai sûrement descendre et m'enfuir à toutes jambes, vers la sortie, et garder vos pommes, je n'en veux plus !

Donc un jour si l'envie vous prend, de marauder des fruits dans le champ de votre voisin, prenez les pages blanches et faites-lui un petit appel en absence afin de le prévenir que votre femme est enceinte et a une envie pressante de fruits, peu importe lesquels.

Il est tout à fait possible qu'il ne vous réponde pas, et bien alors laissez-lui ce petit message : Monsieur, je dois vous avertir que je vais m'introduire dans sa propriété afin d'y cueillir quelques fruits. Pas de bol pour vous, cela fait longtemps qu'il n'a plus payé ses factures. Donc vous êtes reparti bredouille !

ET de surcroit, vous allez en prendre plein la vue par Madame, elle va en faire une de crise. Alors pour la satisfaire, vous ferez 20 kilomètres en bagnole pour enfin arriver au petit magasin du coin, vous retrouve-rez vite des pommes identiques, eh oui votre voisin lui avait déjà livré ses pommes.

Cette leçon vaut bien un petit fromage de Herve, qui sent à dix mètres, et qui ne restera pas très longtemps dans le frigo, pendant la nuit, votre femme y aura fait une petite visite, victime d'une autre envie !

Aie, aie aie, caramba, mille sabords, bachibouzouk. Il y cependant mille récits sur les fromages, et puis il y en a de tous les pays, toutes les régions, chacun à une spécialité particulière.

N'oublions pas les animaux, c'est tout de même grâce à leur générosité et bien-être que nous pouvons déguster ces trésors de la gastronomie.

Visite dans une ville nommée Durbuy

Un dimanche de bon matin, toute notre famille, s'est engouffrée dans la grosse auto, aux allures américaines, essence, diesel, hybride, on ne sait plus très bien quoi à l'heure actuelle avec les normes des Bruxelles. Bref, sûr papa avait tout bien fait comme il faut, un euro 5.

La mère, le père et mes 5 frères et sœurs partent en voyage organisé par le guide Miche Tours ayant pour destination une petite ville nommée Durbuy, en Ardennes. Un voyage de 120 kilomètres ! Quel délire. Une fameuse aventure que toute la famille Pierre allait enfin partager tout, ensemble, tous ensemble, hé hé hé.

Cher Ardenne de mon enfance, s'exclama la Mama, berce mon cœur d'une langueur monotone ; les grandes forêts de sapins, les nombreux animaux, et surtout un peuple indigène, avec des coutumes et dialogues de toutes sortes. Quel bordel dit papa, en arrivant aux abords de la ville, on les a encore lâchés ! Les plaques des autres voitures ne ressemblaient en rien à la nôtre, jaunes, sales, sûrement des

Holl ? Et aussi des plaques avec un A dessus, nous serions encore occupés par les hordes de grands blonds avec de grandes bottes, et des insignes avec des croix.

Nuts, des noix, ils sont perdus ici ma parole, où on ne les pas fait prisonniers ?

Il y a eu un ou deux qui nous ont entendus avec la blague sur les prisonniers.

Un d'entre eux, un grand gaillard balafré s'avança vers nous d'un air menaçant en criant : Halte, Halte, ausweis bitte, et mon père lui a répondu aussi vite, grosse biesse, dégage de ma vue. On en resta là !

Nous cherchions une place pour stationner, quand tout à coup, nous virent descendre d'un grand autobus, des centaines de chinois ou japonais. Tiens dit Marc, mon petit frère, le Japon, c'est pourtant à des milliers de kilomètres ? Ils ont peut-être caché leur porte-avions sur l'Ourthe, à l'abri d'une kriek : de Grottes van Han.

Maman dit, hé Pa, va vite mettre une petite pièce dans cette machine, au bout de la place, car je vois déjà qu'il y a une drôle de cocote, qui s'excite et qui met des billets de loterie gratis sur le pare-brise. Il s'agit peut-être vraiment d'une loterie, Lotto, Kenne No, subi Tour, Pres toi ou Italiano, ou l'on peut gagner un prix. Gardons bien ce précieux billet, que nous avons pu voir à notre retour au parking, eh oui Pa s'est trompé, il a mis une pièce du caddie de chez Super-Match ! Quel idiot celui-là il n'en rate pas une.

À quelques mètres, nous avons pu nous assoir à une grande table. Une jeune fille, un peu dénudée, s'approcha de nous. Bonjour, Messieurs Dames en Heren, comment puis-je vous aider ? Mon plus grand frère et mon père avaient les yeux grands ouverts et étaient sous le charme de cette comédienne, bref, on commanda un grand jerrican de bière avec 5 pailles, et tu nous mettras aussi svp 5 Fricadelles spéciales, 2 mayos, une Hawaï et des pickles. Wat, wat, qu'est-ce que tu dis ? Eh ben oui jura mon père, tu ne connais pas les Spéciales, Amora ; et bien toi, t'es une drôlesse amusante.

Voici bien l'exemple d'une indigène du coin, dit Pa, une échappée de tite CAT, elle est dure de comprenure. Allez allez, va maintenant, nous on a soif, presto, presto, si t'as pas compris, demande à ton patron, je pense que c'est Marc La Couque, le roi de la Fricadelle. Eh oui, celui-là il a tout racheté, le club des mauves et verts d'Ander. Lecht ne lui a pas suffi, et puis il a fait changer tous les noms de prestigieux restaurants d'antan, par ex le Sanglier d'Ardenne ? Il se nomme maintenant Les 3 Petits Cochons !

Sur la table, en attendant notre breuvage, on put examiner à l'aide d'une loupe, une grande feuille remplie de noms étranges, un TARIF. Horreur, rien d'écris dans notre langage. Mais bon, la comédienne avait tout de même bien compris notre commande. Après 5 minutes elle arriva enfin, mais à rien près on ne la reconnaissait plus, elle avait mis d'autres nippes, pleines de couleurs cette fois, en Rouge et Petits Pois blancs. Marc s'exclama : tient-elle à gagner l'étape du jour avec son maillot à pois ? Elle déposa sur la table, notre commande, et s'en alla rapidement. Elle devait charmer d'autres clients ?

Notre repas frugal terminé, nous avons rejoint le parking, pour nous en retourner vers la grande ville.

Arrivés à notre véhicule, nous apercevons très vite que l'on avait gentiment déposé sur le pare-brise un petit mot. Oui, dit maman, c'est certainement cette gentille dame que l'on a vue ce matin, habillée comme un Robin du bois, qui l'aura très certainement oublié.

Mais très vite, la gente demoiselle est apparue d'un seul coup, personne ne l'a vue arriver, et tout est alors allé très vite. Hé, Messieurs Dames, il est à vous ce carrosse ? Ben oui, il est bien à nous.

Il faut payer maintenant s'exclama-t-elle, c'est vingt-cinq euros pour la journée. Comment oser vous faire payer une somme pareille ; pas question, vous n'aurez pas un SOU. Non, mais, on n'a jamais vu une chose pareille.

Écoutez, Monsieur et Madame, on ne va pas chipoter et rigoler plus longtemps, vous me filez l'argent où je téléphone à mon supérieur hiérarchique et en plus je photographie tout ce petit monde.

Ma cocote dit Pa, rien de rien, nous on ne regrette rien, surtout pas d'avoir pu occuper un emplacement dans cette ville à l'œil, et maintenant tu vas ranger cet objet qui te sert d'appareil à photos, et dégager vite fait.

Oh là, on ne s'énerve pas, le Grand Argentier vous fera parvenir les détails de la facture dans les meilleurs délais, avec bien entendu une invitation à régler la chose. Pour nous, cette affaire est close et à tous présents et à venir, je vous salue bien bas.

Voilà, fin de cette belle journée, loin de chez nous, et je vous certifie que je vais en parler à tous mes amis, et connaissances, de ne surtout pas, se rendre dans

ces contrées, sans quelques petites pièces jaunes pour les insérer dans ces pièges à cons ! L'autre solution : les transports interrégionaux, faut-il encore qu'ils y en aient près de chez vous.

16

Aventures

d'une poule sur un mur

Quoi de plus bête qu'une poule qui vient picorer sur un mur ? Rien d'inquiétant à cela, à première vue, mais cette bestiole à plumes prend un malin plaisir à y rester toute la journée. Du pain dur, elle en a mangé toute son existence, dans cette cour de ferme, où elle était retenue prisonnière. Comment aurait-elle pu s'en plaindre d'ailleurs ?

Dans cette basse-cour, point d'avocat, pas de passe-droit, on devait marcher droit, au risque de se voir déplumer sur-le-champ, par un certain maître renard, qui venait une fois par semaine au moins, afin d'y remettre de l'ordre, et aussi à l'occasion, s'offrir un bon repas à l'œil.

Vous comprendrez dès lors, pourquoi cette poule après de longues années de captivité, eu l'envie de tenter sa chance vers de nouvelles aventures.

Elle avait imaginé un plan d'évasion, à première vue très facile à mettre en œuvre rapidement, mais non sans risques ; car l'on dit :

Qui ne risque rien n'obtient rien !

Il s'en est fallu de peu, que tout tombe à l'eau, car dans ce genre d'endroit elle n'avait pas beaucoup d'amis et d'amies. Au contraire, j'en connais plusieurs qui voulaient sa peau et ses plumes aussi, tant qu'à faire.

À partir de cet instant, tout s'est passé très vite, c'était un matin, très tôt, pour ne pas réveiller le chef coq, qui lui se levait à cinq heures. À pas de loup, notre poule s'esquiva sans demander son reste ni sa pitance, et sauta par-dessus la clôture qui se jour, à son avantage n'étais pas électrifiée. C'était son jour de chance ! En somme elle avait gagné le gros lot.

17

La piscine des miraculés

ourquoi ce silence, cette absence, cette incompréhension sans limites et sans aucun risque ? Plus un cri, plus de pleurs dans cette foule immense, réunie aux abords d'une piscine, dans un lieu pourtant tenu secret ?

Comment en est-on arrivé là ; comme cela a-t-il pu se reproduire, et tous ces malheureux que l'on dit grabataires, pourquoi s'y sont-ils jetés, dans ces eaux troubles et peut-être miraculeuses ; et ils ont fait plongeon dix fois en chantant cette petite chanson : « Allez, allez, les petits moutons, sautons, sautons et nous ne regrettons rien » rien ne peut nous arriver, car dans l'église voisine qui culmine et s'illumine, on prie pour nous pauvres pêcheurs.

Il est à remarquer qu'ils en sont ressortis blanchis et guéris de tous leurs maux.

À l'heure où j'écris ces lignes, personne n'a obtenu de réponses aux questions posées. Fallait-il encore avoir posé les bonnes questions, aux bonnes autorités, du moins celles qui avaient résisté, mais qui sans aucun doute détenaient bien la clé de cette énigme.

La clé du mystère, pourquoi était-elle détenue uniquement par certains initiés, qui comme la vermine, longent les murs d'une certaine cité antique, vêtue de noirs et la tête bien cachée dans une grande capuche. Mais oui, c'est bien sûr, tout le monde sait de quel endroit je parle, une espèce de château fort, entouré de fossés remplis d'une eau verdâtre et de piquets en bois. Je vous avais bien dit auparavant que j'y reviendrais, dans cette ville au caractère religieux et pieux à la fois : la chute d'une ville très sainte. Nous l'appellerons : ***Romana Catholica/RIPP.***

L'on raconte qu'un type important y demeure et qu'il est le maître absolu de cette ville dans la ville. D'ailleurs d'autres y sont passés avant lui, le tout est de savoir quand il va se décider à parler de tous ces secrets enfouis dans les sous-sols ? Je pense que cela serait une erreur, car cela n'attirera que des convoitises, des guerres saintes et tout ce qui en découle, *AMEN.*

Oui mes bien chers frères, quelle serait la méthode pour le faire parler, nous avons bien quelques idées qui pourraient satisfaire tout le monde. OK, mais des méthodes barbares comme celles employées par Jules Le César, Con le Barbare, Claus de Lyon, ou encore d'autres dont je tairai les noms, bref tous ces personnages néfastes et fous à la fois.

On ne s'attaque pas comme cela au Représentant du Créateur, c'est ignoble, impensable. Il y a cependant des personnes dans le monde qui ont essayé, sans succès et c'est peut-être mieux ainsi ?

Bien entendu, l'on pourrait envisager des actions en justice, un coup d'Etat, demander qu'il comparaisse libre devant ses Pères, peine perdue…

Il est par conséquent préférable de laisser ce personnage vénéré par tant de foules, avec sa liberté de penser.

18

Les petits cancans classés

sans suite

Depuis cinq jours, les rats, surtout ceux des égouts ont pris possession des beaux quartiers d'une ville célèbre. Les gens pris de panique courent dans tous les sens, on appelle au secours, sauve qui peut, ils sont vraiment enragés ses sales bêtes s'exclama un touriste égaré, prévenez la SPA, les services sociaux, les généraux, car je ne tiendrai plus très longtemps, derrière ses barreaux.

Au voleur, au voleur, s'écria le marchand, on m'a volé deux oranges ! C'est lui, là-bas, il est grand, il est mince, il porte un grand chapeau noir et un pantalon rayé. Sûrement un évadé du bagne, en ce moment c'est un fléau, ils ont tous, le mal du pays lui cria l'agent du quartier.

Ne vous inquiétez donc pas, il finira bien par y retourner, toutes les familles apportent des oranges, c'est la tradition.

C'est novembre, les feuilles mortes se ramassent à la pelle, et puis vient décembre, avec son cortège, ses fêtes païennes où l'on boit et on mange, on danse, et on recommence. ET lorsque viendra le vent d'hiver qui souffle dans les grands arbres qui ne sont plus verts, on dira bonne année, grand-mère, et n'oublie pas de jeter quelques bonbons dans mes petits sabots. Peut-être aura-t-on la chance de croiser un grand-père qui conduit des rennes ?

À chaque jour suffit sa peine

Je vais maintenant m'intéresser aux jours de la semaine, sept pour bien faire.

Lundi : par définition le premier jour, et que peut-il bien se passer ce jour particulier ?

C'est en fait un jour comme tous les autres, il faut se lever, prendre la route pour se rendre au travail, du moins pour ceux qui en ont encore un ! Puis, en fin de journée, faire le chemin inverse, peut-être reprendre les enfants à l'école, faire les courses, et rentrer. C'est banal, mais indispensable à la fois.

Le mardi : on fait juste un copier-coller de la journée précédente, et on va se coucher en pensant à ce que l'on va faire demain.

Mercredi : on coupe la semaine en deux, comme l'on dit, et on recommence comme les jours d'avant.

Jeudi : rien de bien passionnant non plus, sinon aller saluer ses beaux-parents, boire un petit café et discuter une heure ou deux.

Vendredi : idem, à part que c'est le jour où il faut aller au lavoir, puis le teinturier, le dentiste, le docteur ou le pharmacien. Ensuite, direction la demeure familiale, en espérant que Madame à préparer un petit repas spécial, veiller à ce que les enfants fassent leurs devoirs, rangent leurs chambres respectives.

Samedi : finit le boulot, métro, dodo, on oublie tout cela, on va enfin profiter pour faire d'autres tâches, s'occuper du jardin, faire les courses de la semaine, on fait au passage à la librairie du coin pour un petit ou un gros Lotto, et on rentre gentiment pour un repos bien mérité.

Dimanche : repos complet, manger, dormir, se rendre dans son lieu de culte, écouter les passages de la Bible, et entendre le prêcheur faire la morale ou vous raconter ses dernières aventures, et vous donner la bénédiction. À la sortie, vous serez probablement invités à glisser une petite pièce dans le pot d'une œuvre de bienfaisance, ou discuter avec des habitués.

Voilà, la semaine vient de se terminer, et la suivante sera de toute évidence la même ?

C'est en fait comme cela depuis très longtemps, de jour en jour, de semaine en semaine, de mois en mois, et des années aussi, tous milieux confondus, et toutes nationalités réunies, et cela continuera jusqu'au jour peut-être le petit Lotto que vous avez fait le samedi, finisse par vous rapporter une grosse somme d'argent, alors là : **Vacances permanentes à vie.**

D'accord, c'est une façon de voir les choses, mais au préalable il faut se rendre dans un endroit que l'on appelle Li Brairie, et remplir un papier tout en couleurs avec des chiffres et quelques lettres.

Tu vas alors repartir de cet endroit de plaisirs collectifs, muni d'un double de ta mise. Puis il te faudra attendre tard le soir, ce que l'on appelle se faire tirer les boules. Et là à ce moment précis tu pourras faire la fête et compter tes millions de billets de cinq euros.

Ben quoi, on peut encore faire des rêves de temps en temps.

Je veux devenir Président

Un jour que je n'avais rien de particulier à faire, nous étions au début de l'hiver si mes souvenirs sont exacts, en lisant le journal régional, je tombais sur une annonce particulière qui était énoncée de la sorte : « Nous sommes à la recherche d'un Président pour immense pays, situé au-delà des mers », écrire au bureau du journal, qui vous répondra rapidement. NB) Si vous n'avez pas reçu de nouvelles de nos services dans les trois semaines, prenez en considération que vous ne serez pas repris dans notre réserve naturelle.

Je me dis en moi-même cela doit être une blague ou une arnaque qui sont légion dans certains sites, mais bon qui ne risque rien n'obtient rien !

Je vais donc répondre à cette annonce, alors sur une belle feuille blanche, je commençai à écrire ces mots : À l'attention du ou des responsables de la publication de l'annonce numéro 4568, je me permets de vous écrire afin de poser ma candidature au poste y décrit.

Je m'appelle Jean Le Grand, je suis né de père et de mère résidants officialisés de ce pays, j'ai 52 ans célibataires et sans enfants connus à ce jour. Je dois vous avertir que je n'ai pas fait de grandes études, faute de moyens de mes chers parents, je me suis arrêté à la sixième primaire, après avoir tout de même obtenu le certificat de conformité.

A ma connaissance, je n'ai pas comme dit la formule consacrée pas d'ennuis avec la justice, et j'ai une bonne vie et bonne conduite sociale. Je suis d'un naturel facile, courageux, et les longues journées de travail ne sont pas un souci pour moi. Je n'ai aucune maladie reconnue, et physiquement je ne pense pas être trop moche et je dispose d'une intelligence hors du commun.

Je réside actuellement, à Lamberville, j'espère que cet endroit sera bien reconnu par vos majestés. Il est vrai que dans cette ville, il y a dix habitations, dont sept sont totalement vides et envahies par une végétation luxuriante et souriante à souhait. Je dispose tout de même du confort moderne, avec eau qui est courante ou parfois lente, et trois ampoules électrifiées qui sont d'un âge certain.

Je n'ai à ce jour aucun travail, ce n'est pas faute d'avoir cherché, je consulte la gazette illettrée une fois par semaine, et j'ai écrit des dizaines de lettres anonymes à des employeurs du coin (c'est-à-dire à moins de 500 mètres de chez moi). Voilà tout ce que je peux dire sur ma personne.

Je pense aussi avoir été assez clair et précis que possible et j'espère que vous apprécierez mes écritures. Recevez donc cette lettre et j'attends avec grande impatience votre réponse.

Signature de moi, Jean Le Grand, chemin des Causes perdues, numéro 2, 00001 Lamberville (Europa).

Que pouvais-je faire de mieux, sinon attendre un délai de trois semaines afin d'obtenir une réponse ou pas !

En attendant la date fatale, je continuai mes occupations journalières qui étaient au nombre de quatre. De la sorte ce n'était pas difficile de s'y retrouver lorsqu'une fois par semaine, je faisais un résumé succinct de toutes les tâches accomplies.

Première occupation : se lever à 9 heures, préparer le café (qui est déjà sur la cuisinière) et beurrer une grosse miche de pain, avec des poires au sirop.

Deuxième occupation : débarrasser la tablée, ranger dans le bahut, et donner un coup de balai dans la pièce de jour.

Troisième occupation : m'habiller, raser, se laver.

Quatrième occupation : ouvrir la porte, et commencer à couper le bois pour la journée et le rentrer, préparer le repas du soir, et se coucher.

Le dimanche était un jour spécial, en plus de mes occupations habituelles, je me rendais à la chapelle du château par des moyens écologiques : à l'aide de mes pieds. Il y avait une distance approximative de trois kilos au mètre. Là, je saluais l'assemblée (le châtelain et sa famille) et assistait à l'office.

Souvent, j'étais invité à boire une lampée de cidre artisanal, et puis je faisais le chemin à l'envers, afin de rejoindre ma demeure.

Mais bon sens de bonsoir, pourquoi vouloir devenir Président, moi un simple ouvrier employé par moi-même, sans grande éducation et ne connaissant strictement rien aux affaires courantes du monde des affaires et tout ce qui va avec ?

Je n'en sais strictement rien de rien, car j'avais lu quelques phrases dans la fameuse gazette, qui parlaient d'un certain Monsieur Tromp vivant en Armorique. Ses exploits y étaient bien décrits et il m'avait donné envie de le remplacer ; car pour moi personnellement *ce 45ᵉ personnage de l'Histoire*, n'étais pas à sa place et de surcroît pour être irresponsable d'un si grand domaine. À mon avis les habitants ne devaient pas être très contents de lui et de sa manière de diriger.

Mais il me faut un programme, des idées, et je suis seul au monde, personne qui peut me donner des conseils, je vais devoir acheter un beau costume, aller chez le coiffeur, être présentable. Je réfléchis, je pense, je m'imagine des choses, des situations, des grands voyages, etc. À quoi bon faire des projets alors ? Eh bien cela me change les idées, cela me met de bonne humeur, en quelque sorte.

Et ce peuple si lointain, quels sont ses espoirs, ses craintes, comment puis-je faire pour tout savoir sur si peu de temps : j'avais trois semaines avant la réponse définitive.

Une seule solution s'offrait à loi pour faire mon apprentissage, me rendre dans le grenier, j'y trouverai bien çà et là quelques vieilles caisses remplies de ces revues à la mode. À ma grande surprise, je trouvai très vite un magazine, avec une date qui me paraissait tout à fait convenable, juin 2001 ! Parfait, j'ai enfin pu mettre la main sur le précieux sésame.

Très vite, je me mis à parcourir les pages jaunies par le temps, mais encore tout à fait lisibles, et justement on y parlait du pays concerné. Super, me dis-je en moi-même, c'est tout à fait ce qu'il me faut.

J'ai passé des journées entières à lire et à relire chaque page afin de comprendre, mais après un certain temps, je me suis rendu compte que je n'y comprenais rien, c'était en fait écrit dans une langue que je n'avais pas l'habitude de pratiquer !

Le lendemain, le facteur qui venait souvent en fin de matinée, m'avertit qu'il y avait une lettre adressée à mon nom, enfin j'allais être fixé. Je pris grand soin à ouvrir cette grande enveloppe, et il y était écrit : Monsieur le Grand, après lecture de votre candidature au poste de Président, et un examen attentif, soyez-en certain, nous ne pouvons y donner une suite favorable. Nous vous souhaitons bonne chance dans vos futures recherches.

La déception fut très grande, mon rêve était brisé, j'avais mis tant d'espoirs dans cette aventure, mais après mûre réflexion, je pense que cet emploi n'était tout simplement pas fait pour le ***Petit Peuple.***

Adieu couvée, vaches, cochons, chevaux, à profusion, la fortune ne sourit pas à n'importe qui, tous mes rêves de gloire s'envolent, les discours que j'aurais voulu prononcés devant une foule en délire, mon nom en grandes lettres sur les plus belles avenues du Monde, jamais, cela n'arrivera.

Je souhaite, de tout cœur, que celui qui tient cette place à l'heure actuelle n'y rester plus très longtemps et que ses sujets vont enfin comprendre ce qu'est la tyrannie !

19

Ceci n'est pas absurde

Qu'as-tu fait meunier de mes derniers deniers ? Les derniers centimes que j'avais pour me rendre au marché, pour acheter mon pain quotidien et la soupe du lendemain ?

Je me doute un peu de ce que tu en a fais, tu sais je suis devin, je lis dans les lignes de la main, je te vois bien un collet à la main, venir tôt le matin dans mon jardin, pour voler mes deux vieilles poules, tu te fais du mal pour rien, car elles sont déplumées et ne sont plus utiles.

Meunier, ton moulin va trop vite, car le vent du nord s'est invité dans sa grande voilure. Maintenant que vas-tu faire pour arrêter ce manège infernal ? Étant coupé du monde, ta seule issue sera de consulter le grimoire du temps ; peut-être que dedans tu trouveras une réponse à ton problème, mais rien n'est moins sûr. Dès demain, je vais te mettre en demeure de me restituer mon bien, ne

t’inquiète donc pas trop vite, cela se fera sans bavure et sans violences à ton corps, excepté quelques bastonnades en place publique.
Combien de temps va durer ton supplice ? Nul ne le sait, rien n’est écrit ni acquis. Lorsque la foule sera venue te visiter, telle une œuvre d’art, tu ne seras plus que l’ombre de toi-même, seul livrer à toi-même.

Que cela te serve de leçon, mais ici tu ne recevras aucune récompense pour tes actes, point de médailles ni de citations ; tu aurais dû mettre en pratique les nombreuses leçons de morale, les commandements des Églises, mais tu n’as pas eu le courage de le faire !

Les récompenses, cela devrait être pour tout le monde, il y a certainement près de chez vous, un voisin, une voisine, qui pourrait en recevoir une.

20

Les invités de la famille

Juste Ainsi

Que se passe-t-il dans nos villes, villages ? Qui est encore satisfait de son sort à l'heure actuelle, comment les gens voient-ils les événements actuels, une fois leurs portes refermées ?

Eh bien ce soir, dans allons entrer un peu sans y être vraiment invité, un peu comme un **souper de cons** dans l'une de ces familles nombreuses, dans la région des charbonnages, cités défavorisées et marginales, oubliées bien souvent par le pouvoir. Je vous présente la famille *juste ainsi.* Une famille nombreuse très ordinaire, composée du Paternel, de la Mama Mia, et de cinq enfants plus que terribles, mais en somme adorables bambins entre l'enfance et l'adolescence.

Plantons le décor : une petite maisonnette, confortablement installée dans une rangée de vingt-cinq maisons qui se ressemblent toutes. Elle se compose d'un hall d'entrée, une salle à déguster, un grand salon, une cuisine du type nordique, une salle des bains, et de 3 chambres en étage. Dans la salle à déguster, une table rustique usée par le temps et les nombreux déménagements, six grandes chaises, un meuble branlant contenant la vaisselle et les verres en cristal de Venise. Aucun luxe, n'est présent, le strict minimum. J'attire votre attention cependant, car nous n'y voyons aucune télévision, juste un vieux poste de radio qui provient d'un héritage des temps anciens.

Pourquoi cette absence de médias sociaux en tous genres, me direz-vous ; afin d'éviter les dérives de la publicité, des films violents et des mauvaises nouvelles ; une bonne solution pour que tous se retrouvent autour des repas en famille et que chacun puisse discuter de tout et de rien.

Absence de garage, c'est mieux ainsi, de toute façon personne n'avait le permis de conduite ; nous utilisions tous les transports communs ; bref un brin écologie citoyenne et participative. Dans l'après-midi, notre père nous rassembla dans le salon afin de nous prévenir qu'aujourd'hui *c'était La Saint-Saintobin* et que pour montrer notre charité en partie chrétienne, il avait invité six voisins issus de toutes les classes sociales.

Donc je compte sur tous ici présents et à venir tout d'abord de mettre vos plus beaux costumes et de leur réserver un accueil très chaleureux. Et il ajouta enfin, j'espère qu'il y en aura bien un ou deux qui ne comprennent rien de rien, et que l'on va bien s'amuser.

Vers les huit heures, un premier coup de cloche retentit : notre ou nos premiers invités ? En effet, un 3 hommes et 3 femmes étaient bien devant notre porte en demandant dans un langage impeccable : Monsieur, c'est bien ici que l'on est invité à partager un repas de noces ?

Ben oui, dit mon père, dites à vos gens qu'ils aient garés votre carrosse et entrez sans complexe, mais ici il n'y a pas de personnel de maison, pour crier votre nom ni encore moins pour vous installer. Prenez donc place où cela vous convient le mieux. Une fois tout le monde attablé, il demande à chacun de se présenter sous ses meilleurs jours.

Honneur aux Dames : moi je me nomme Adèle, dites la pomme de terre, la suivante dite moi je m'appelle Adrienne, la lesbienne, et la dernière se mit à rire en disant moi c'est Germaine, femme de la semaine. Oufti, cela commence très fort, elles sont très fortes !

Vint ensuite le tour des hommes : moi je m'appelle Marcel, qui sait faire la vaisselle, moi c'est Jack, on m'accuse de tous les maux de la terre, et le dernier en date que j'aurais habité Londres ? Et enfin le dernier, d'une toute petite fois, presque féminine, et bien moi, c'est Félix, mais je ne suis pas un chat.

Très intéressant s'écria la petite famille, bienvenue à vous, dans notre humble et mystérieuse demeure, et avant de porter un toast, je me dois de vous avertir : c'est ici que tout a commencé, un jour du mois de mai. N'ayez aucune crainte, mangez, buvez, rigoler et danser jusqu'au matin, il y a du vin et de la bière en cave, en bouteilles, et tout cela à profusion. Vous ne serez pas déçus du voyage, ça, vous pouvez me croire sur parole.

Voyage, Voyage, des paroles et toujours des paroles, et cependant notre père fut lui très déçu, à première vue pas un idiot à l'horizon, à mon avis il a vu trop de films au cinéma ! À minuit moins une, toute cette joyeuse bande, quitta, la table, sonna au cor de chasse le cocher, et s'empressèrent de monter à bord de leur étrange moyen de transport.

Cependant, pendant qu'ils étaient en train de se régaler bien au chaud, dehors une épaisse couche de neige avait recouvert le paysage, et la bise soufflait à n'en plus finir. À une centaine de mètres de notre maison, il y avait un pont de bois, au bas duquel coulait une rivière, qui de surcroit s'était faite gonflée par les chutes de neige, à peine le convoi était-il dessus qu'il s'effondra dans un grand fracas de fin du monde.

Personne ne vint à leur secours et tous disparurent dans les tourbillons des flots enragés et peut-être contents de recevoir un tel cadeau ?

Les autorités avaient bien été prévenues, les recherches entamées le lendemain furent vaines et sans espoir. De nombreux villageois avaient également

participé aux recherches, même quelques jours après ce terrible drame. La rivière et la nature avaient déjà repris possession des lieux.

Le temps et l'Argent

Pourquoi les hommes et les femmes courent-ils toujours après le temps ? Une infime partie de l'univers, une matière que l'on ne peut détruire. Certains ont bien essayé d'en percer les mystères, ou même de remonter dans le temps.

Pourquoi ? Dans l'unique but de changer le cours de certaines choses, ou de se faire plein de monnaie. Personne jusqu'à présent n'y est arrivé, peu importe la marque de votre montre. C'est l'évidence même, du moins de nos jours.

On n'a pas tous les jours deux fois 25 ans, même si cela n'arrive qu'une fois par année civile. C'est un âge raisonnable il paraît ? Mais est-ce logique tout ce cirque. Tous ces artistes peintres, ou reproducteurs d'œuvres d'art, qui tant bien que mal essaient de vendre leurs plus beaux dessins, qui sont-ils d'où viennent-ils ? Pas la peine de chercher très loin dans ce que l'on appelle un grimoire imagé où l'on trouve le sens des mots connus ou inconnus. Vous ne les trouverez nulle part, et encore moins entre ces lignes.

Elle est bien bonne cette histoire, peut-être ridicule certes, sans aucun sens propre ou figuré, l'empire des sens. D'ailleurs, ne dit-on pas qu'un mot peut en cacher un autre ! ne vous y trompez pas, ici les phrases, verbes et autres balivernes prennent toute leur place et vous tiennent en haleine, fraîche ou pas. Prenez donc une boite entière de pastilles à l'eau de rose, cela vous fera grand bien.

Il existe également toute une multitude de remèdes de ma grand-mère, qui était une sage-femme dans tous les sens du terme.

Tous ces mots bien entendu sont employés depuis la nuit des temps, pour former des phrases et ensuite des textes et livres divers. Ces fameux remèdes, ils viennent tout simplement de mère Nature, il suffit d'aller les chercher dans des endroits tenus secrets, car seuls les initiés les connaissent.

Une Vérité comme une autre

Il suffira de consulter le papyrus de la grande vérité. Quelle vérité ? Celle que l'on cherche, source de conflits mondiaux, gouvernementaux, ils sont légion. Me voilà donc avec une année de plus, vers de jours peut être meilleurs ou pire ; qui pourra me le dire en fait ?

Où sont passés ceux qui ont trépassé, les vieux, les jeunes, pourquoi ont-ils fui cette vie sur une terre que l'on dit vierge, pure, avec à la clé cette étape. Il ne faut pas nécessairement monter dans le train en marche pour arrêter à toutes les stations, 12 de préférence, un aller contre un retour pour quelques cent de plus.

Les cent, cette chère monnaie, des pièces jaunes, qui traînent au fond de vos poches, ou celles de votre voisin. Cette nouvelle monnaie, une belle connerie en fait. Surtout sous forme de pièces qui peuvent peser lourd lorsqu'elles seront abandonnées dans de vieilles chaussettes rapiécées. Encore faut-il posséder ce que l'on nomme des chaussures. Quelle belle invention tout de même. Seront-elles à votre taille ? Pas encore sûr !

Depuis quelques dizaines d'années, nous utilisons une monnaie de singe dénommée « Euro »,

Mais ce que l'on ne nous avait pas dit c'est que le coût des diverses marchandises et bien de consommation allaient tout simplement doubler ou tripler leur prix d'achat !

Nous voilà donc devant un fait accompli, nous le petit peuple, et nous n'avons pas d'autres choix, mais quelles en sont les conséquences directes ou indirectes ? Il ne faut pas chercher très loin, il faut bien constater que les ménages avec ou sans enfants sont réduits à une forme d'esclavage organisé par nos chers gouvernants et gouvernantes. Quels sont donc nos moyens de résistance ?

 En premier lieu, faire des économies pendant de longs mois, la privation de biens de luxe est une priorité.

Vous rendre dans des magasins qui font les prix les plus bas, parfois au détriment de la qualité.

ET en dernier, recours, dans ces Centres où l'on distribue de la nourriture gratuitement ; lorsque vous n'arrivez plus à joindre comme l'on dit singulièrement les deux bouts de la ficelle.

Quelle triste société, asservie comme aux temps anciens de la Colonisation, nous n'en sommes pas très loin d'ailleurs !

Dialogue de sourds

Hep ! taxi, vous êtes libre ? C'est une phrase type employée dans tous les pays et toutes les langues par des personnes qui ont besoin de se déplacer rapidement d'un point à un autre. Monsieur, je suis libre comme l'air et n'en ai rien à faire de ces gens qui recherche une aventure conjugale ou extraconjugale ;

votre demande est à la limite de l'indécence ! Il ne faut pas pousser bobonne dans les orties lorsqu'elle porte des culottes courtes.

Le « client », un peu surpris, lui tint à peu près ce langage : ne vous inquiétez pas, en ce qui me concerne je viens d'arriver ce matin, d'un pays très lointain, avec pour mission de faire une étude approfondie sur l'Humain, et plus précisément à cet endroit où des personnes cherchent un moyen de se faire téléporter vers une destination proche ou lointaine suivant les envies journalières bien entendu, il ne vous sera fait aucune violence, tout se fera au travers de votre esprit, mais un conseil cependant, n'essayer pas de résister, voici déjà préventivement une petite gélule que vous devrez introduire par vous-même dans votre orifice buccal. Nous avons appris que certaines personnes de votre monde de jour comme de nuit demandaient de mettre votre souffle dans une trompette, avec ces mots étranges : encore, encore, encore ! Des pratiques que nous jugeons barbares et vides de tout sens. Chez nous, il n'y a pas ce genre de bonne ou de mauvaise conduite, chacun est libre d'agir à sa guise, mais il y a cependant une règle absolue, priorité aux personnes âgées (on les reconnait par la lettre V et PO apposées sur leurs moyens de déplacements.

Je dois tout de même vous avertir que vous avez droit, à faire appel à un ami qui pourra être présent tout au long du processus. Je vous explique brièvement : j'ai en fait un quota à respecter, humains ou pas, peu importe, et en ces temps de crise, je suis le seul examinateur disponible et qui accepte d'exécuter ce travail.

Revenons maintenant à l'étude en cours, la petite gélule bleue a sûrement fait son effet et je constate d'ailleurs que vous êtes très à l'aise, aucune peur ne se lit sur votre visage, les conditions sont maintenant réunies et acceptables pour les deux parties.

Je vais donc procéder, mettez votre bouche dans cette louche, et buvez du mieux que vous pourrez en criant : j'ai bien mangé, j'ai bien bu, j'ai la peau du ventre qui est bien tendue et je ne suis plus tout à fait maître de moi-même. Voilà qui est parfait, au moins vous, vous ne faites pas d'esclandre et acceptez les faits. Croyez-moi, bon nombre avant vous ont bien essayé d'esquiver, mais peine perdue, lorsque l'on joue il faut savoir perdre. Dans plus ou moins quinze à vingt minutes, je reviendrai vers vous, pour un nouvel essai. En ce qui me concerne, l'affaire est entendue.

Cependant, je vais devoir lancer un S.O.S. vers un de nos appareils volant à très haute altitude. J'aurai une réponse quasi immédiate, et enfin pouvoir vous présenter à mes frères supérieurs et inférieurs.

Eux seuls, seront à même de juger votre conduite, et décideront en plusieurs étapes du sort qui vous sera réservé. Ce petit voyage est gratuit pour vous, pas besoin de carte prépayée. Il dure environ six à huit mois, nous arriverons alors sur Justicia. Vous n'avez pas besoin de bagages ni de vêtements tout est prévu sur place.

J'ai tout de même essayé de rester dans mon véhicule croyant y être à l'abri. Croyez-moi, cela n'a pas duré très longtemps, en moins de dix minutes le car jacking avait eu lieu ; et je pouvais oublier l'appel à un ami, je n'ai donc pas pu en profiter (ligne coupée), car j'avais entretemps reçu un message de Pro Uximus, me prévenant d'une coupure imminente de tous services.

23

Les Trois Amis

Nous étions 3 amis, mousquetaires et aventuriers à la fois, tout nous paraissait beau, et ensemble nous avons toujours pagayé sur une mer tranquille et sans reproches. Au gré du vent salé et même parfois poivré, notre navire porté par les vagues avançait rapidement dans l'immensité de l'océan.

Notre slogan était : ça ira, ça ira, on les aura ! Camarades syndiqués ou pas, nous voici réunis en ce beau jour, pour crier notre désespoir envers et contre tout. Notre discours est clair et précis : halte à la misère, aux fins de mois difficiles, à ces institutions qui n'apportent plus rien, plus aucun espoir.

On dit que l'espoir fait vivre, mais dans notre situation, il n'existait plus. Des familles entières furent décimées, séparées, dès les premiers mois de la terrible cession économique de cette année 2055. Peu de monde avait pris les précautions pourtant élémentaires en cette période, ne serait-ce que quelques provisions afin d'assurer la survie quotidienne. Peine perdue, les grandes surfaces qui d'habitude sont si bien achalandées avaient fermé leurs volets faute d'approvisionnement. C'est en fait une bande organisée de petits comiques ces

grandes enseignes. Ce qu'ils voient eux, c'est le rendement, l'acharnement thérapeutique, du personnel poli et vaillant qui est à sa disposition à toute heure du jour et de la nuit. À mon avis ils font la fête. Ce sera Food ou non Food à volonté. Les caméras sont bien entendu occultées, aucune preuve ne peut donc être retenue contre les fêtards. La grande farandole durera jusqu'au petit matin. À ce moment-là, tout sera nickel, rien ne doit trainer dans les allées. Les nettoyeuses sont entrées en action aux premières lueurs du jour.

Tout cela n'arrange en rien la situation des trois personnages devenus des héros malgré eux, sans armes ni chevaux. Pourtant en toute sincérité nous avions imaginé des aventures avec de meilleures conditions. Au conditionnel ou au figuré, cela n'arrange personne et de plus, il faut bien connaître la grammaire élémentaire. En somme, l'intelligence suprême, mais pas encore artificielle.

Tiens, parlons un peu de la condition humaine. Sommes-nous considérés comme des êtres de 3e classe ? Cette classe n'existe plus à mon sens, pourtant il y a une centaine d'années ce genre de discrimination était légion. Dans certains transports vous aviez juste le doit de voyager à découvert suivant vos moyens : c'est-à-dire à tout vent, fumée comprise dans le prix du billet. Il y a un dicton qui affirme : rien ne sert de courir, il faut partir à point. Drôle de concept en fait. En résumé, avant d'entamer un voyage, un bon conseil au préalable passer en revue tous les paramètres utiles ou inutiles. Pour ma part, je n'en ai que faire de ces paramètres. Moi, je suis toujours prêt à partir, à tout moment de la journée, que ce soit à quelques kilomètres ou pour un voyage au bout du monde. Je pars, à l'aventure, sans rien préparer, et je logerai et mangerai là où le vent me portera, tel un bateau ivre, toutes voiles dehors.

24

Les Fêtes

Chaque année, elles reviennent au galop, inexorablement comme une habitude, avec leurs lots de repas, et réunions de famille. Deux amis se retrouvent quelques jours après, dans un bistrot bien connu ; les conversations débutent.

Tiens, qu'as-tu fait cette année à Noël ? Oh, rien de spécial, un repas chez me beaux-parents, et ensuite la messe de minuit à l'église du village.

C'est la tradition dans la famille. Mais cette fois, le prêtre nous a tenu un discours mémorable dont voici un extrait : mes bien chers frères et sœurs, nous voici réunis ici tous ensemble dans la maison de Dieu, afin de célébrer une naissance, et le renouveau eucharistique. Banal me direz-vous ! Nous allons changer tout cela et je vais vous présenter les nouveaux venus de la paroisse. Sur votre droite, les femmes, et sur votre gauche les hommes et les enfants. Tous et toutes sont arrivés ici il y a quelques jours, telle une marée humaine, à la recherche d'une nouvelle vie. Ils sont issus de cinq pays différents, là où règnent guerre et corruption. Plus de toit, plus de travail, et réduits à faire la file pour obtenir de quoi manger.

Par le fruit du hasard, ils sont venus frapper à ma porte, et moi je les ai recueillis comme des brebis égarées, et j'ai fait de mon mieux pour qu'ils se sentent comme chez eux. Réservez-leur un accueil chaleureux, je vous en prie. Allez dans la paix et la joie et n'oubliez pas en sortant de glisser une petite pièce dans le tronc.

Voilà qui est très intéressant. Bien moi, je suis resté chez moi faute de moyens suffisants. Je me suis offert avec mes petites économies, une bouteille de Ma Cave, un petit vin fait de bulles et de mousse.

Ensuite, un spaghetti de Bologne, à la vraie viande accompagnée de sa sauce tomate. Pour terminer, une glace à l'eau qui traînait au fond du réfrigérateur.

Vers minuit, j'ai bien rejoint un certain mouvement qui depuis un certain temps se fait remarquer. On en parle tous les jours. Mais tu vois, nos chers élus n'en ont que faire, car ils ont d'autres priorités. Je passe donc la plupart de mon temps dans la rue, les carrefours et devant le siège du Parti pour le Peuple. Là au moins, l'on m'écoute, cette situation m'attriste, mais bon la vie doit continuer et l'eau continuera à couler sous les ponts, *Fatalitas.*

Ce mouvement, en fait, il n'est pas vraiment organisé et on fait de tout et n'importe quoi. Il n'y a aucune structure et personne ne veut prendre la ou les responsabilités d'élire un ou des responsables. Et de plus, pour le moment nos Chers Élus ont d'autres chats à fouetter, ils ne parviennent même pas à s'accorder entre eux. Et pendant ce temps, la misère continue à faire de nombreuses victimes. Mais en tous les cas, qui s'inquiète pour NOUS ?

Le ou les paradis

Irons-nous tous au Paradis ? Mais cet endroit idyllique existe-t-il vraiment et à quoi cela peut-il ressembler ? De nos jours, personne ne peut en témoigner, malgré le fait que très certainement une ou l'autre personne a vu dans son subconscient l'autre côté.

Il y aurait donc une porte ou des portes à franchir pour y accéder. Un monde parfait en somme, où un maître de cérémonie vous accueille, et crie votre nom. À ce moment, encore une fois d'après les

Grandes Écritures il y aurait plusieurs possibilités suivant le mode de vie que vous avez eu sur la Planète bleue. Passons en revue les différentes catégories d'Élus ou de non élus, même parfois très ailés.

Les civils, en somme des personnes comme vous et moi qui y ont fait un passage long ou bref, croyant ou non à quelque chose ou à quelqu'un, pratiquant un culte, ou une adoration quelconque ; ceux-là entreront par le Terminal 001. Les Serviteurs, très pieux, toujours disponibles, zélés, respectueux des traditions d'une certaine Bible, eux iront vers le Terminal 002.

Voilà donc les « choix » il n'y en aura pas d'autres d'ailleurs ! Cependant, il y a bien une autre destination finale, spécialement réservée à une certaine classe de la société qui ne fait pas toujours dans la légalité. Ces derniers pendant de nombreuses années ont caché l'ensemble de leurs biens meubles et immeubles et d'autres pièces en argent et or. Suivant les lois humaines ou inhumaines, ces personnes auraient dû être sanctionnées par l'Administration. En fait un grand nombre sont tout de même parvenus à y échapper. Grand bien leur a fait, mais le trop ne fait pas toujours le bonheur.

En résumé, peu importe où vous irez, n'emportez pas de bagages à main ni de quoi vous changer.

Vous n'en aurez pas besoin pour ce voyage au centre de la Terre. Aucun bien matériel ou autre ne sera toléré. Aucune boisson à base d'alcool à 80 ou 180

degrés, cela est interdit par le règlement d'ordre intérieur. Une fois au fond, il ne vous sera jamais proposé
de refaire le chemin à l'envers, telle Alice au pays des
cent merveilles. Bravo, vous avez bien compris les
termes du Contrat, signé en triple exemplaire sans
Carbonne fossilisé ; restons sobres tout de même.

 Lors de votre dernier soupir, un contrôleur en blouse
de couleur aura pris soin de faire l'examen qui vous
a peut-être fait peur pendant votre vie, lorsque vous
reveniez d'une soirée ou un souper bien arrosé !

Une fois confortablement installé, à l'aise, le monde
du dessus vous fera un dernier hommage, et puis la
grande porte blindée se refermera à tout jamais. Aucune clé ni badge ne vous sera remise au préalable,
aucun moyen de vous échapper. En principe, tout
aura été vérifié avant cette mise en bière, plus aucun
tracas, vos proches et la société s'occupera de la
suite.

À ce moment, vous serez livré à vous-même, personne à qui parler. Mais de quoi voudriez-vous

parler ? C'est un peu comme une certaine fable, vous avez danser et chanter tout l'été, bien maintenant profiter de cette quiétude, et vos voisins ne viendront pas raconter des histoires ou leurs histoires. Alléluia, sonnez les matinales, frappez, crier, tambouriner.

À une certaine époque de l'année, une ou des personnes viendront déposer un pot de fleurs ou verser quelques larmes sur votre appartement de bas étage. Vous n'aurez même pas l'occasion de les remercier ! Faute de temps et de réaction de votre part, ils finiront par s'en aller rejoindre la civilisation qui n'est qu'à quelques pas ou centaines de mètres.

À vrai dire, est-ce triste ou pas ? Il ne faut pas être triste, il faut juste garder un bon souvenir de ceux qui ont rejoint la terre, cette terre novatrice et charnelle à la fois, car nous venons tous du même endroit. Cela tout le monde le sait, ce n'est pas un chou qui nous a mis au monde et encore moins une cigogne.

25

Une Histoire
Pieuse et Religieuse À la Foi

D'emblée, mettons en place les divers personnages de cette histoire, le décor et tout ce qui va avec. Toute ressemblance avec des personnes connues est purement fortuite.

Elle n'engage que l'auteur, et est destinée à un public averti sans autre forme de procès, verbal ou autre.

Donc, en résumé, vous voilà prévenus, je ne veux en aucun cas détruire des croyances, des mythes, des traditions, juste exprimer ma vision des choses, tel qu'elles se sont déroulées il y a plusieurs centaines d'années.

Oui, oui vous allez me dire, on va encore parler de religion, de L'Église et de Sainteté, ou bien des choses vues et remises au goût du jour et à toutes les sauces ? À chacun et chacune de prendre tout cela au premier et au second degré.

Ne vous inquiétez surtout pas, no stress, la cloche a bien sonné et l'école est finie depuis très longtemps. Ce n'est pas non plus un cours de morale, c'est de nouveau de l'illusion, dérision, mais en fait il vaut mieux en rire.

Personne ici, ne sera léser, blesser, ni dégrader, tout va se passer dans le plus strict respect de tous, et de toute façon nous vivons dans un monde tout à fait étrange, injuste très souvent, mais bon, la vie doit suivre son cours, telle une rivière insolente et vide de sens. Nous avons tous en tête, cette image de la crèche, d'une étable où un enfant serait né un 25 décembre ?

Eh bien non, point de crèche, de grotte très obscure, et encore moins une étable !

Quelle drôle d'idée !

Ce sont des histoires que l'on raconte aux petits enfants, le soir de la veillée de la grande fête de fin d'année, et la Sainte Église est là pour nous rappeler cette fable qui n'a pas de sens.

Et puis il paraît qu'il y avait des rois magiciens, qui passaient par là par hasard, et se seraient arrêtés pour se pencher sur l'enfant et lui offrir, non pas une PlayStation 4, ni de GSM dernier cri, mais bien des parfums : ***<u>or, encens et myrrhe</u>***.

Ces derniers étaient sûrement très à la mode à cette époque et appréciés par les nouveau-nés.

Ce petit était bien entouré, son père, menuisier de son état, et une certaine ***Mariée,*** qui était probablement sa maîtresse, ils s'étaient rencontrés il y a une dizaine d'années lors d'une soirée organisée par Monsieur Ju...d'As, un organisateur, reconnu dans le monde entier.

Elle n'avait pas de travail, ses revenus étaient assurés en partie par son ami ***Josaphat*** et un organisme déjà fort sollicité à l'époque que l'on dénommait : ***Centre Public des sans Argent***.

Ils avaient convié à cette cérémonie, quelques amis fidèles ; des AP-Autres, en somme des personnes que l'on payait à la journée, comme des figurants à l'heure actuelle.

Un repas avait été préparé par un autre collaborateur, un certain Hé Rode, un tenancier de la taverne tout proche. Il se composait de quelques crêpes, des légumes du jardin, du pain au levain, de la vinasse et bien entendu de la bière en tonneau d'une brasserie très connue ; la brasserie de L'Art & Toi.

Pour réchauffer tout ce petit monde, un âne et un bœuf, et un feu au charbon de bois.

J'oubliais, étaient arrivés entre-temps, sans crier gare, un groupe du folklore local : les Maris A Chis, des nomades qui allaient de ville en ville et de village en village, avec leur roulotte un peu plus que branlante.

La petite fête dura quelques heures, le bébé s'était endormi, et sa maman chantait : douce nuit, sainte nuit, et dans le ciel une étoile brillait de mille feux, c'était l'étoile d'un berger.

Les rois Magiciens, eux, n'étaient pas restés très longtemps, car ils avaient encore un long chemin à faire.

Voilà la vraie histoire d'une naissance, un peu banale, mais très ordinaire en fait, un enfant était né, dans un endroit peu commode, sans grand luxe, sans tambour ni trompette, pas de médias sociaux à l'époque, sans photographe agréé. Pour la suite de la vie de cet enfant, la ou les personnes qui dirigent ou dirigeront le **Monde** que nous connaissons aujourd'hui s'en chargeront très bien.

De toute façon, nous savons très bien comment cela s'est terminé, il y également assez de grands livres, des Écritures et tout ce qui va avec pour nous le rappeler chaque jour de notre existence.

On y croit ou pas, moi je n'ai rien à y gagner, je ne
fais que déposer sur le papier ma version des choses.

26

Les Mots de la fin

À mes connaissances, lecteurs ou lectrices ac-
complis, je vous remercie pour la lecture de mon
histoire, maintenant je pars en voyage organisé
par mes soins, vers d'autres aventures, car je suis à la
recherche des mots, des phrases, de mon identité vé-
rifiée ou non par les autorités.

Ce n'est pas toujours facile d'écrire, cela prend du
temps, et la course contre le temps est maintenant en-
gagée, ce temps qui passe, sans que l'on puisse l'arrêter afin de faire une pause.

D'ailleurs des pauses il y en a de toutes les
sortes café, déjeuner, sieste, ce qui est formidable,
c'est que aucune ne ressemble à une autre. On pourrait d'ailleurs en faire un livre, vous imaginez un peu
une foule en délire attendant l'ouverture de la Grande
Usine à Livres ?

Jean-Jacques vous salue, toutes et tous, j'espère que
je vous ai apporté un peu de bonheur, de rêve, pour
certains des réponses à leurs questions existentielles
ou autres ? À vous de voir ou de revoir le film des
événements. Voilà je m'en vais, tel un mirage, je

vogue déjà vers de nouveaux récits, aventures, mais toujours BIZARRES et ÉTRANGES à la fois. Ouf…ti, un peu trop vite, pour les prochaines aventures, la Nativité revue et corrigée. Alors qu'attendez-vous ? Vite, vite, rejoignez-moi !

Remerciements de l'auteur :

Encore un grand merci à ma compagne pour toute son aide, sa patience. Je remercie aussi Madame Martine Pour son aide et son soutien si chaleureux.

Cobut Jean-Jacques